José de Alencar

Adaptação para neoleitores: Paulo Seben
Revisão técnica: Pedro Garcez
Supervisão: Luís Augusto Fischer

O Guarani

Versão adaptada para neoleitores

L&PM EDITORES

Texto de acordo com a nova ortografia

NOTA EDITORIAL

Esta edição foi baseada na versão integral do texto de José de Alencar. Tomando como exemplo edições de clássicos adaptados em outras línguas, como é o caso da Penguin inglesa, nesta edição o texto também foi reduzido, e a linguagem foi adaptada para um público específico, o de neoleitores, segundo critérios linguísticos (redução do repertório vocabular, supressão ou mudança de pronomes, desdobramento de orações, preenchimento de sujeitos etc.) e literários (desdobramento de parágrafos, eventual reordenação de capítulos e/ou informações, ênfase na caracterização de personagens etc.) que visam oferecer uma narrativa fluente, acessível e de qualidade. Esta edição foi concebida para o público leitor adulto com pouca experiência de leitura e para o leitor escolar até a 8ª série.

Concepção e coordenação do projeto: L&PM Editores
Equipe editorial: Ivan Pinheiro Machado, Paulo de Almeida Lima, Lúcia Bohrer, Vera Shida, Caroline Chang, Janine Mogendorff e Mariana Donner
Adaptação para neoleitores: Paulo Seben
Revisão técnica: Pedro Garcez
Supervisão: Luís Augusto Fischer
Capa: Marco Cena sobre ilustração de Edgar Vasques
Revisão: Renato Deitos, Bianca Pasqualini e Lia Cremonese
Ilustrações: Edgar Vasques

A368g Alencar, José de, 1829-1877.
O guarani/ José Martiniano de Alencar; adaptação de Paulo Seben. – Porto Alegre : L&PM, 2010.
72 p. ; 21 cm. – (Coleção É só o Começo)
Adaptação resumida para principiantes.
ISBN 978-85-254-1611-7

1.Literatura brasileira-romances. 2.Seben, Paulo. I.Título. II.Série.

CDU 821.134.3(81)-3

Catalogação elaborada por Izabel A. Merlo, CRB 10/329.

Rua Comendador Coruja 326 – Bairro Floresta – 90220-180
Porto Alegre – RS – Brasil / Fone: 51.3225.5777 – Fax: 51.3221-5380

Pedidos & Depto. comercial: vendas@lpm.com.br
Fale conosco: info@lpm.com.br
www.lpm.com.br

Impresso no Brasil
Verão de 2010

Este livro que você tem nas mãos é um convite. Um convite para viajar através de histórias de homens e mulheres que tiveram ideias e ideais, que amaram e sofreram, como você e todos nós. São homens e mulheres inventados a partir da observação da realidade, pela imaginação do escritor.

Você está sendo convidado a caminhar com esses personagens e a compreender os dramas que eles viveram, as escolhas que fizeram para encarar a vida. Pode ser que em alguns momentos você encontre semelhanças com algo que você já viveu ou sentiu; em outros momentos, tudo pode parecer novidade, porque esta história acontece num tempo bem diferente do nosso.

Sugerimos que você mergulhe na história, imagine o cenário e a época dos fatos narrados. Você pode se colocar no lugar dos personagens ou simplesmente acompanhar a história, para entender os destinos dessas vidas.

O texto que você vai ler foi adaptado para uma linguagem simples, para você ler com mais facilidade. Para ajudar, aparecem ao longo do texto algumas notas históricas, geográficas e culturais. Você também vai encontrar, depois da narração, ideias para pensar, conversar, debater, escrever. E ainda sugestões de outras leituras, de filmes e até de sites na internet.

Nosso maior desejo é que você leia e goste de ler. Que discuta as ideias do livro com amigos, colegas, professores. Que você aproveite e conte esta história para alguém. Ou que simplesmente experimente o puro prazer de ler.

Que este livro seja seu companheiro no ônibus ou no metrô, indo para a escola ou o trabalho, em algum momento de descanso na sombra de uma árvore, em casa ou no banco da praça. E que ajude a construir outras histórias na sua imaginação.

Boa leitura. E que esta viagem seja só o começo de outras!

A história se passa na época da colonização do Brasil, nos anos de 1603 e 1604. Peri é um jovem índio guarani, da tribo goitacá, que salva a vida da jovem Cecília e se torna amigo da moça. Ela mora numa casa construída no alto de um rochedo, no vale do Paraíba. Peri descobre a traição do aventureiro Loredano, um frade carmelita renegado, que pretende raptar Cecília e matar o resto da família. Peri e Álvaro, comandante dos aventureiros a serviço do pai de Cecília, Dom Antônio de Mariz, enfrentam a revolta, mas a propriedade é atacada pelos canibais da tribo aimoré, que querem vingança porque o irmão de Cecília matou acidentalmente uma índia da tribo. Álvaro amava Cecília, mas se apaixona pela prima dela, Isabel, mestiça que é na verdade irmã natural da moça, filha de Dom Antônio com uma índia. Álvaro morre, Isabel se mata, e Loredano é descoberto e queimado na fogueira pelos próprios companheiros de revolta. Quando os aimorés vão tomar a casa, Peri foge com Cecília numa canoa, e Dom Antônio explode a casa e o rochedo, morrendo junto com a família, os aventureiros e todos os inimigos. No caminho para o Rio de Janeiro, Cecília percebe que ama Peri. Uma terrível enchente ameaça matar os dois, mas Peri arranca uma palmeira do chão com os próprios braços, e navegando nela os amantes se beijam.

JOSÉ DE ALENCAR – José de Alencar nasceu em Mecejana, no Ceará, em 1829, e morreu no Rio de Janeiro, em 1877. O pai e a mãe eram primos, sendo que o pai era padre e político. A família toda era de revolucionários, mas José de Alencar não seguiu a tradição familiar. Foi várias vezes eleito deputado. Desistiu da política e passou a se dedicar só à literatura. Foi o primeiro grande romancista brasileiro, influenciando os escritores futuros. Seus livros faziam parte de um ambicioso projeto pessoal de unificar o Brasil pela literatura. Para isso, escreveu sobre acontecimentos da História do Brasil, como em *A guerra dos mascates*; sobre os índios, como em *O guarani* (romance publicado em 1857), *Iracema* e *Ubirajara*; sobre os tipos humanos das diversas regiões do Brasil, como em *O gaúcho* e *O sertanejo*; e sobre a vida na capital brasileira no tempo do Império, o Rio de Janeiro. Além de histórias sentimentais, como *Viuvinha* e *Encarnação*, escreveu obras polêmicas: *Senhora*, que denuncia o casamento por interesse, e *Lucíola*, que mostra o preconceito contra a prostituição. Também escreveu para o teatro: *O demônio familiar*, por exemplo, apresenta um garoto escravo que cria uma grande confusão doméstica por se intrometer na vida de seus amos. Tudo isso em apenas 48 anos de vida.

Os heróis

Peri – Jovem cacique guarani da tribo goitacá. Belo, forte, corajoso, arqueiro infalível e guerreiro invencível, ele adora Cecília (a quem chama de Ceci) e é capaz das proezas mais extraordinárias apenas para ver a moça sorrir. O pai dele se chamava Ararê.

Ceci – Jovem portuguesa, loira, delicada e gentil. Cecília tem bom coração e cativa a todos, em especial o aventureiro Álvaro e o frade renegado Loredano. No início, ela vê em Peri apenas um escravo, depois um amigo, e no fim do romance descobre que ama o índio.

A família de Cecília

Dom Antônio de Mariz – Pai de Cecília, é um velho fidalgo português que mora no interior do Brasil e se mantém fiel à pátria. Lutou em várias guerras e põe a honra e a fidelidade acima de tudo.

Álvaro – Chefe dos aventureiros que trabalham para Dom Antônio de Mariz. É leal e honrado como o fidalgo. Ninguém é mais corajoso, forte e capaz do que ele, com a exceção de Peri. Inicialmente apaixonado por Cecília, acaba descobrindo os encantos de Isabel.

Isabel – Filha de Dom Antônio com uma índia, passa por sobrinha dele. Sofre com o preconceito, com o desprezo da madrasta, com o não-reconhecimento pelo pai e principalmente com a paixão por Álvaro.

Dona Lauriana – Esposa de Dom Antônio e mãe de Cecília, é uma portuguesa de meia-idade, religiosa demais e muito preconceituosa. Gosta de humilhar os outros, especialmente a enteada, Isabel.

Dom Diogo – filho de D. Antônio, jovem corajoso.

Aires Gomes – Escudeiro de Dom Antônio, serve ao fidalgo há trinta anos. Honesto, corajoso e fiel como um cão, às vezes exagera na pose militar e passa por situações ridículas.

Os vilões

Loredano – Antes de se apaixonar por Cecília e trair a confiança de Dom Antônio, era o frade capuchinho italiano Ângelo di Luca, que abandonou a religião para se tornar um ambicioso aventureiro quando recebe do moribundo Fernão Aines o roteiro das minas de prata.

Bento Simões – Comparsa de Loredano, é covarde e muito supersticioso.

Rui Soeiro – Principal comparsa de Loredano, é inteligente e traiçoeiro, mas também um pouco supersticioso.

Martim Vaz – Depois da morte de Bento Simões e Rui Soeiro, assume o lugar de braço-direito de Loredano, mas abandona o vilão no final.

Os aimorés

Tribo – Índios primitivos e canibais, muito ferozes, fortes e vingativos, que atacam a casa de Dom Antônio de Mariz para vingar a morte acidental de uma moça, atingida por um tiro de Dom Diogo.

Jovem índia – Correndo atrás de seu cachorrinho, ela surge no caminho do tiro de Dom Diogo, numa caçada.

Dois guerreiros – Tentam vingar a jovem morta por Dom Diogo matando Cecília, mas são mortos por Peri.

Mãe – Convoca os aimorés para vingar a morte da filha e dos dois guerreiros.

Velho cacique – Um velho índio gigantesco e fortíssimo que lidera o ataque dos aimorés e é morto por Álvaro antes que consiga matar Peri.

Filha do cacique – Destinada pelo pai a satisfazer as últimas vontades do prisioneiro Peri antes de ele ser devorado, ela se apaixona pelo índio, mas é repelida. Mesmo assim, morre para salvar a vida dele.

Outros personagens

Aventureiros – Quarenta homens corajosos contratados por Dom Antônio de Mariz para defender a casa do Paquequer e procurar pedras preciosas. São enganados por Loredano, mas no final queimam o vilão na fogueira.

Mestre Nunes – Amigo de Aires Gomes, é o dono da pousada na floresta onde Frei Ângelo di Luca se apodera do mapa das minas de prata.

João Feio – Rapaz corajoso que se deixa levar pelas intrigas de Loredano, mas é um homem leal e bom cristão, que no final se reconcilia com Dom Antônio.

Fernão Aines – Assassino arrependido que na hora da morte pede a Frei Ângelo que devolva o roteiro das minas de prata à viúva do verdadeiro dono.

Mãe de Peri – Não quer que o filho fique com os brancos, mas respeita a vontade dele.

Os vizinhos – Moradores das proximidades da casa de Dom Antônio, costumam se abrigar ali quando os índios atacam.

O índio catequizado – Amigo de Frei Ângelo, é morto pelo frade canalha para não revelar a localização do roteiro das minas nem a identidade do vilão.

Local da história: A história toda transcorre na floresta do Vale do rio Paraíba, numa região isolada entre São Paulo e o Rio de Janeiro.

Solar no rochedo

Casa da família – Uma casa espaçosa e simples com cinco janelas de lado, construída no topo de um rochedo. Só se pode chegar a ela por uma escada e uma ponte. Em volta da casa havia uma muralha. Os móveis são sóbrios, e só o quarto de Ceci mostra a delicadeza feminina, graças aos presentes de Peri.

Galpão dos aventureiros – Um tipo de varanda espaçosa onde vivem quarenta aventureiros encarregados da segurança da casa de Dom Antônio e dedicados à procura de pedras preciosas.

Cabana de Peri – Uma pequena choupana construída num canto do jardim de Ceci. Peri aproveitou como estrutura duas palmeiras que tinha ali.

Terreiro – Um espaço aberto ao lado da casa da família e do galpão dos aventureiros. É protegido de ataques dos índios pelo precipício.

Beira do rio – O Paquequer era cercado de rochas e matas, mas também tinha pequenas praias gramadas. Na saída da escada natural, foi improvisado um porto para canoas, e mais adiante Ceci tomava banho.

Pousada – Uma casa rústica com quartos para pouso de aventureiros, viajantes e índios cristãos, dirigida por Mestre Nunes. Na varanda ocorre o desastre que transforma Frei Ângelo di Luca em Loredano.

Floresta – O Solar de Dom Antônio de Mariz ficava isolado na floresta, marcada por árvores gigantescas, vegetação variada e animais selvagens de todo tipo. Momentos importantes acontecem em clareiras, como a luta entre Peri e a onça.

Moita de cactos – Uma barreira circular de cactos, tão fechada que nem o som atravessava. Para entrar, era preciso subir numa árvore e descer por um cipó. É nela que Loredano se reúne com os comparsas.

Acampamento dos aimorés – Uma clareira aberta com a derrubada de árvores, de onde se vê o solar de Dom Antônio. Numa árvore próxima, Peri é amarrado enquanto espera o momento de ser sacrificado e devorado.

Rio Paraíba – O rio Paraíba (e a vegetação das margens) é o cenário do romance de Peri e Ceci. É um rio largo que desce da serra. Com as chuvas, ocorre uma enchente arrasadora.

O GUARANI

PRIMEIRA PARTE: OS AVENTUREIROS

1 – Cenário

Era o ano de 1604, numa casa cercada de florestas na margem direita do rio Paquequer. A casa tinha sido construída num rochedo plano e era totalmente protegida por uma muralha de rocha a pique. Uma escada de pedra natural e uma ponte de madeira levavam até o rio. Dos lados da escada, ficavam duas filas de árvores, com uma cerca de espinheiros entre os troncos.

A casa era simples. A porta principal dava para um terreiro cercado, com dois galpões, onde dormiam criados e aventureiros. Duas janelas laterais davam para o precipício. Atrás da casa ficava um pequeno jardim na beira do abismo, com uma cabana de sapé na ponta, aproveitando duas palmeiras.

Agora podemos abrir a pesada porta de jacarandá.

Na sala da frente ficavam quadros, brasões e um **oratório**. Uma porta levava para um depósito de armas e munições. As outras peças também eram simples, mas um dos quartos mostrava capricho de mulher. Tinha móveis enfeitados com penas de aves, um violão e uma garça empalhada. Um cheiro suave parecia vir dos objetos, mas também podia ser o ar da casa de uma fada.

Um *oratório* é um altarzinho com uma imagem de um santo ou um crucifixo e um degrau para se ajoelhar.

2 – Lealdade

A casa pertencia ao **fidalgo** português Dom Antônio de Mariz, um dos fundadores do Rio de Janeiro. Ele tinha lutado contra os invasores franceses e explorado o interior do Brasil. Quando Portugal foi dominado pela Espanha, Dom Antônio foi para o sertão com a família e construiu a casa, protegida dos ataques de índios selvagens pela muralha de rochedos. Em caso de perigo, os aventureiros da região vinham se abrigar ali, porque o fidalgo sempre socorria os vizinhos.

Fidalgo era a pessoa nascida em família rica e poderosa.

Quando eram atacados, ficavam isolados. Por isso, Dom Antônio contratou quarenta homens corajosos. A disciplina era dura, mas justa. A pequena comunidade tinha as próprias leis, usos e costumes, e Dom Antônio era feliz com os companheiros e a família. A esposa, Dona Lauriana, era uma dama um pouco esnobe e carola. O filho, Dom Diogo, era um rapaz corajoso. A filha, Dona Cecília, tinha dezoito anos e era travessa e faceira. Dona Isabel era a sobrinha, mas alguns desconfiavam que ela fosse filha do velho fidalgo com uma índia.

Agora que já conhecemos o lugar e os personagens, podemos continuar a história.

3 – A bandeira

Meio-dia. Quinze cavaleiros armados seguiam pela mata. Na frente, dois homens a pé tocavam os animais de carga. A **bandeira** voltava do Rio de Janeiro. Álvaro de Sá, o jovem chefe do grupo, apressava os companheiros, mostrando que queria logo chegar ao destino. Um italiano que fazia parte da bandeira caçoou das razões da pressa do rapaz.

Uma *bandeira* era uma caravana de aventureiros que penetravam nos sertões do Brasil, em busca de ouro, diamantes e esmeraldas, à procura de rios e terras ainda desconhecidos ou ainda perseguindo índios para escravizar.

– Sabe, eu andei vendo um jovem apanhar uma flor. Um homem passeando de noite na luz das estrelas...

O italiano estava insinuando que o jovem Álvaro estava apaixonado por uma certa moça e que ele tinha apanhado a flor para dar a ela. Álvaro respondeu indignado:

– Senhor Loredano, desta vez você foi longe demais, seu espião infame! Se você disser uma só palavra, esmago essa cabeça de cobra venenosa.

Loredano olhou duro para o cavalheiro, e deixou Álvaro seguir na frente.

Numa clareira da mata, ouviram um rugido. Os cavaleiros engatilharam os **arcabuzes** e seguiram, devagar, lançando um olhar cauteloso para as árvores.

Um *arcabuz* era uma espécie de espingarda de cano largo.

4 – Caçada

De pé, encostado num velho tronco queimado, estava um jovem índio, alto e forte, vestido com uma túnica de algodão e um cinto de penas vermelhas. Segurava o arco e as flechas na mão direita e empunhava uma grande forquilha na mão esquerda. No chão, perto dele, estavam uma carabina, uma pequena bolsa para munições e uma faca.

O selvagem olhava para uma onça enorme que preparava o salto, batendo o rabo no corpo. O índio sorria, encostado no tronco seco. Não perdia um só movimento da onça, mas esperava, como se estivesse gostando. Durante um instante, a fera e o selvagem se mediram. A onça ficou agachada e ia saltar, quando a bandeira apareceu.

O animal hesitou. O índio percebeu o grupo, mas não tirou os olhos da fera. Estendeu o braço e fez com a mão um gesto de rei, mandando os cavaleiros continuarem. O italiano tentou fazer pontaria, mas o índio bateu com o pé no chão, chateado. Gritou em bom português, apontando para a onça e batendo a mão no peito:

– É minha!... Só minha!

E empurrou com o pé a carabina, mostrando que, se quisesse, já tinha matado a onça a tiro. Os cavaleiros entraram de novo na floresta.

A onça soltou um rugido alegre quando a tropa sumiu na mata, mas, em vez de atacar o índio, correu atrás da bandeira. O selvagem compreendeu: a fera tinha escolhido a caça maior. Duas flechas voaram. A onça rugiu, atingida na orelha e na boca. Com dois saltos, o bicho voltou: queria vingança.

A onça saltou sobre o índio, com as garras estendidas e os dentes prontos a cortar o pescoço da vítima. O selvagem saiu do

Segurava o arco e as flechas na mão direita e empunhava uma grande forquilha na mão esquerda.

caminho, e a fera caiu. Ele prendeu a cabeça da onça no chão com a forquilha e subiu na barriga do enorme gato. A luta foi rápida. O índio estrangulou a fera até ela ficar fraca, e então atou as patas dianteiras e traseiras do bicho. Também amarrou as duas mandíbulas, para que a onça não pudesse abrir a boca. Calmamente, passou o arco pelas patas da onça, botou o animal vivo nas costas e saiu caminhando atrás da bandeira.

Momentos depois, outro índio, completamente nu, com penas amarelas na cabeça, seguiu pelo mesmo caminho do selvagem que levava a onça nas costas.

5 – Loira e morena

Caía a tarde. No pequeno jardim uma linda moça, loira de olhos azuis, se balançava na rede, sorrindo. Era Cecília. Ela sonhava que um lindo cavalheiro parava de joelhos diante dela e virava um selvagem. Os olhos do índio eram tão tristes que ela chorava. Então o lindo cavalheiro voltava, e ela sorria de novo, mas uma sombra de tristeza continuava no ar.

A portinha do jardim se abriu, e entrou, sorrindo, uma moça bem brasileira: morena, bonita e maliciosa. Era Isabel. Cecília abriu os olhos e disse para a prima que estava preocupada com Peri. Ele tinha saído de casa no dia anterior e ainda não tinha voltado. Isabel foi maldosa:

– Não fique preocupada, meu tio caça outro índio para você, até mais manso do que Peri.

– Prima, que injustiça com esse pobre índio que não fez mal nenhum para você.

– Ora, Cecília, sua mãe não diz que índio é bicho, como cavalo ou cachorro?

– Ora – disse Cecília, abraçando a prima –, você sabe como é a minha mãe.

Isabel fica triste nesta hora, porque Dona Lauriana, sua tia, demonstrava não gostar muito dela, que era morena quase como uma índia. Então Isabel diz a Cecília:

– Prima, nesta casa só você gosta de mim. Os outros me desprezam.

– Pois bem, Isabel, eu vou gostar de você por todos. Me trate como irmã, está bem?

– Bem que eu ia gostar de ser sua irmã! Mas só se for para você, porque para *ele*...

Este *ele* saiu do fundo da alma.

Nesse momento, elas ouviram os cavalos chegando. Isabel soltou um grito, e Cecília ficou vermelha quando viu Álvaro.

– Eles não voltaram muito depressa? – perguntou Isabel.

– Vamos ver que coisas lindas eles trouxeram para nós! – exclamou Cecília.

– Para nós? – repetiu Isabel, triste.

– Sim – disse Cecília –, eu encomendei um colar de pérolas para você. Vão ficar lindas com a sua cor de jambo!

– E eu que dava a minha vida para ter a pele clara como a sua, Cecília!

E as duas moças correram para a entrada da casa.

6 – A volta

Dois velhos ainda fortes passeavam no terreiro. O mais alto e elegante era o fidalgo Dom Antônio. O outro era o fiel **escudeiro** Aires Gomes. Dom Antônio estava muito sério:

– Não vou desculpar Diogo só porque ele é meu filho! Se os índios nos atacarem, vão estar com toda a razão.

O fidalgo e o escudeiro viram então o jovem Dom Diogo sentado na frente da casa.

Escudeiro era um acompanhante, um auxiliar próximo. A palavra vem de "escudo", porque no tempo dos cavaleiros medievais o escudeiro carregava o escudo para o cavaleiro.

– Vá – disse o fidalgo para Aires Gomes – e prepare tudo para o caso de um ataque.

O escudeiro saiu, e Dom Diogo ficou em pé.

– Meu filho, você desobedeceu minhas ordens – disse o velho, com ar sério. – Matou uma índia e atraiu a vingança contra nós todos. E assassinar uma mulher, uma criatura fraca e inofensiva, foi uma ação indigna!

O rapaz quase chorou, mas não disse nada. Dom Antônio ia continuar o passeio, mas Dona Lauriana apareceu. Aos 55 anos, a mulher de Dom Antônio tinha poucos fios brancos nos cabelos pretos bem-penteados. Era a única dama fidalga dali, e se aproveitava disso para esmagar os outros. Dom Antônio aturava a esposa, e ficava culpado pelo nojo que a mulher tinha da sobrinha.

Enquanto os dois discutiam o que fazer com Dom Diogo, a bandeira chegou.

Dom Antônio conversava com Álvaro, quando as duas moças apareceram na porta. Álvaro se despediu do fidalgo e foi para onde estava Cecília.

– Como você voltou depressa, senhor Álvaro! – disse a moça, disfarçando a alegria.

– Queria ter vindo antes – sussurrou o rapaz.

Cecília fugiu para junto da mãe.

Três olhares diferentes acompanharam a cena. Dom Antônio sorria feliz. De longe, Loredano parecia uma fera farejando a vítima. E Isabel olhava para Álvaro, amargurada e triste.

7 – A prece

Um clarim tocou a Ave-Maria. Todos tiraram os chapéus, ficaram de joelhos e rezaram. Loredano foi o único que continuou sorrindo, sem tirar os olhos de Álvaro e de Cecília. Por fim, Aires Gomes disparou um tiro. Já era noite, e aos poucos todos saíram. Álvaro estava feliz: tinha sido convidado para jantar.

– Encontramos Peri – disse Álvaro. – Ele estava brincando com uma onça como você brinca com um bichinho, Dona Cecília.

– Meu Deus! – gritou a moça, chorando. – Ele deve estar morto a esta hora.

– Não se perde grande coisa – disse Dona Lauriana.

– Mas eu sou a culpada! Eu disse brincando que ia gostar de ver uma onça viva!

– E então Peri foi buscar uma onça para você! – riu o fidalgo.

O velho garantiu que Peri sabia se defender, e Álvaro contou que o índio ficou incomodado quando os aventureiros apareceram. Dom Antônio disse que Peri era um cavalheiro português no corpo de um selvagem:

– Ele vem sendo um exemplo de dedicação e heroísmo desde que chegou aqui e salvou minha filha!

Cecília ficou triste. Enquanto os outros entravam na casa, Álvaro chamou a moça:

– Eu trouxe as encomendas, e mais uma coisa que você não pediu.

A moça disse que não queria o que não tinha encomendado e fugiu para perto do pai. Na frente do pai, recebeu de Álvaro um pequeno cofre com as encomendas. Uma delas era um lindo par de pistolas. A moça disse baixinho:

– Meu pobre Peri! Talvez isso já não sirva para defender você!

Durante a refeição, Álvaro estava chateado, porque Cecília tinha recusado o presente, enquanto a moça sentia o coração apertado, com medo que, por uma brincadeira, tivesse causado a morte do amigo Peri, ele que tinha salvado a vida dela e arriscava a própria vida só para ver um sorriso no rosto da moça.

Já no quarto, ela se deu conta de que tudo ali tinha sido dado por Peri: a garça, a pombinha, o veadinho, a decoração de penas e peles de animais... Até o perfume. Ficou pensando na janela por muito tempo. De repente, viu o vulto de Peri entrar na cabana e ficou aliviada. Deitou e adormeceu, sorrindo, pensando em Álvaro.

8 – Três linhas

Vamos agora seguir as linhas das vidas de três homens bem diferentes, mas reunidos por um só pensamento.

No galpão, os aventureiros jantavam. Alguns estranharam o silêncio de Loredano e caçoaram dele, mas o italiano continuava sério. Aires Gomes apareceu na porta, reclamando da barulheira. Mandou revezarem as sentinelas e avisou que Dom Antônio queria todos preparados para qualquer problema com os índios. Loredano ergueu a cabeça:

– Como é? Os índios vão atacar?

– Ah! O italiano acordou! – riu Martim Vaz. – Precisou sentir cheiro de pólvora!

Os aventureiros foram saindo. O italiano sussurrou para dois comparsas, Rui Soeiro e Bento Simões:

– Amanhã!

Depois, Loredano foi até o precipício. Do lado oposto, via nas árvores o reflexo da luz do quarto de Cecília. Esperou.

Enquanto isso, Álvaro metia numa pequena bolsa de seda a caixinha de joias que Cecília tinha recusado sem nem querer ver. Deu a volta na casa e entrou no pequeno jardim que fazia esquina com o quarto de Cecília. Ele também esperou.

Peri tinha prendido a onça num tronco na beira do rio e agora subia para a cabana. Logo saiu, porque tinha percebido, como os outros, a luz na janela. Subiu numa das palmeiras que sustentavam a cabana e, num salto, ficou dependurado numa árvore gigante, por cima do precipício. Escondido pela folhagem, chegou até um galho na frente das janelas de Cecília e viu a moça examinando as encomendas do Rio de Janeiro. Peri estava feliz: tinha visto a senhora, e podia ir dormir.

Era ali que se encontravam aquelas três linhas. Formavam um triângulo, e o centro era a janela de Cecília. Todos eles eram capazes de arriscar a vida só para tocar com a mão o peitoril da janela da moça, e nenhum deles tinha preocupação com o perigo.

9 – Amor

Cecília dormia. Junto dela, três sentimentos profundos, três corações bem diferentes.

Loredano, o aventureiro, sentia um desejo brutal. Era pobre, e não tinha como ficar no mesmo nível da moça. Álvaro, o cavalheiro, sentia um afeto inocente. Tinha resolvido deixar o presente no peitoril da janela, certo de que Cecília ia perdoar a ousadia. Peri idolatrava Cecília, sem nenhum pensamento egoísta. Desafiava a morte para ver Cecília feliz. Era capaz de adivinhar o que a moça queria e no mesmo instante buscar o que fosse. Mas nenhum dos três homens podia tocar a janela sem correr risco de morte. A beirada do prédio era inclinada e lisa, desde as janelas até a beira do precipício profundo, sem nenhum ponto de apoio. Quem caísse dali ia ser despedaçado pelas pontas da rocha ou devorado num instante pelas cobras e insetos venenosos do penhasco.

O italiano estremeceu quando viu uma sombra se aproximar da janela. Adivinhou quem era: era Álvaro, que se segurou numa estaca do jardim, pôs um pé no respaldo, colou o corpo na parede e, todo esticado, conseguiu jogar a caixinha no peitoril. Loredano viu o rapaz ir embora, e sorriu. Foi até o respaldo e cravou a adaga na parede. Com esse fraco apoio, chegou perto da janela, quase caindo.

Peri reconheceu Álvaro e Loredano. Esperou, pronto para cair no precipício junto com aquele que tentasse fazer a menor violência. O índio viu o que Álvaro fez e viu também que o italiano conseguiu com muito esforço derrubar o objeto deixado pelo rival. Peri não se mexeu. Ele compreendeu o amor de um e o ciúme do outro, mas resolveu esperar para ver a reação de Cecília antes de tomar qualquer atitude. Cecília fechou a janela, e Peri então ficou tranquilo.

Já depois que o índio tinha voltado para a cabana, a lua iluminou Isabel. A moça estava chorando, porque viu a sombra de Álvaro passar, e sabia que era por causa de Cecília que ele estava ali.

10 – Ao alvorecer

De manhã, Cecília chamou Peri e disse que estava muito zangada com ele, porque ela não podia nem dizer alguma coisa de brincadeira, que ele logo saía correndo como um louco. O selvagem ficou triste:

Loredano viu o rapaz ir embora e sorriu. Foi até o respaldo e cravou a adaga na parede.

– Quando Ceci acha bonita uma flor, Peri não vai buscar? Quando Ceci ouve cantar o passarinho, Peri não vai procurar? Pois Ceci quis ver uma onça, e Peri foi buscar!

Cecília sorriu, e trouxe do quarto o rico par de pistolas que tinha encomendado.

– Quando você correr perigo, lembre que essas pistolas são para defender e salvar a vida de Peri.

Peri pôs as pistolas no cinto de penas e desfilou como se fosse um rei. Enquanto isso, Isabel entrou no jardim. A pobre menina tinha chorado a noite toda.

As duas moças iam tomar banho, e Peri foi com elas para vigiar. Ele não deixava nada chegar perto das moças. Era capaz de furar os olhos de quem visse Cecília tomando banho no rio. Isso que as moças tomavam banho vestidas! As flechas do índio eram uma barreira impenetrável, e ele não deixava nem peixe, cobra, bicho ou tronco flutuante machucar ou mesmo assustar Cecília.

No caminho, as moças cumprimentaram Álvaro. Ele ia falar com Cecília, mas deu de cara com Loredano. Os dois inimigos trocaram olhares de ódio. Peri, que vinha atrás, pegou as duas pistolas novas pelo cano e ofereceu uma para Álvaro e outra para Loredano. Cada um saiu por um lado, se fazendo de desentendido. Peri meteu as pistolas na cinta e foi atrás da moça.

11 – No banho

Cecília perguntou para Isabel por que a prima não falava com Álvaro. Isabel ficou branca e só com muito esforço conseguiu mentir que detestava o rapaz. Cecília nem percebeu a perturbação da prima.

Peri de repente lembrou da onça e sumiu num pulo. As moças ouviram um rugido abafado, e o índio voltou.

– Que foi, Peri? – perguntou Cecília, tremendo.

– Nada, senhora... – disse Peri, sorrindo.

O índio tinha acabado de matar a onça, depois de tanto trabalho para trazer o bicho vivo até ali. É que ele agora achava que Cecília ia ficar muito assustada se visse a fera...

Depois Peri achou um lugar para ficar, longe das moças. Isabel sentou na grama, e Cecília começou a nadar. Meia hora depois, Peri viu as moitas mexendo na margem oposta. O índio atravessou o rio, pendurado nos galhos das árvores, e viu dois selvagens, de tanga com penas amarelas. Eles estavam com as flechas prontas nos arcos esticados, e só esperavam Cecília passar. Ela estava em perigo. Sem pensar, Peri pulou na frente dos dois, levando um flechaço no ombro e sentindo a outra flecha desviar da cabeça. Num só movimento, sacou as duas pistolas e arrebentou as cabeças dos selvagens.

As moças gritaram de susto na outra margem, e Peri viu uma índia correr para o mato. Arrancou a flecha do ombro e perseguiu a índia, mas ele estava perdendo muito sangue, e caiu. Conseguiu ficar de pé, deu dois passos e abraçou uma árvore, desesperado e quase morto. Do tronco escorria um óleo cheiroso. O índio chupou o óleo, e pareceu nascer de novo. Estancou o sangue da ferida com a resina da árvore e respirou, aliviado. Estava salvo.

12 – A onça

Vamos voltar para a casa. Depois do episódio com Peri e Álvaro, Loredano desceu a ladeira e se meteu no mato. Pouco depois, Rui Soeiro e Bento Simões seguiram o italiano.

De repente, Dona Lauriana gritou de medo da onça. Ela tinha ouvido um urro do bicho. Mandou Aires Gomes procurar e matar a onça de Peri. O escudeiro entrou na mata com cerca de vinte homens armados até os dentes, mas já encontraram a onça enforcada num galho.

Dona Lauriana mandou deixar o bicho na porta da casa. Era a prova definitiva contra Peri. Ela achava o índio um selvagem que tinha que ser expulso dali, mas Dom Antônio gostava dele. Desta vez a fidalga achava impossível que o marido não punisse o crime horrível de caçar uma onça e trazer a fera viva para perto de casa. Uma vez tinha salvado a vida de Cecília, mas colocava agora em perigo a família inteira...

Quando Dom Antônio chegou, não acreditou que Peri tinha conseguido trazer vivo um bicho daqueles. Dona Lauriana mentiu que Aires Gomes é que tinha matado a onça. Também disse que não ia mais conseguir dormir, imaginando que o índio podia trazer uma cobra ou outro bicho assassino. Dom Antônio ficou pensando em quantos chiliques da esposa ele ia ter de aturar. Dona Lauriana estava certa de que desta vez ia vencer.

13 – Revelação

Quando as meninas voltaram do banho, Dona Lauriana contou o que Peri tinha feito, exagerando muito. Isabel aproveitou:

– Eu vi Peri passar por uma árvore, e uma flecha caiu a dois passos de Cecília. No mesmo instante, ouvimos dois tiros de pistola, que decerto também eram para nós.

– Meu Deus! – gritou Dona Lauriana. – Quem deu pistolas para esse bugio?

– Fui eu, mamãe – Cecília respondeu timidamente.

Dom Antônio explicou para a filha que precisavam mandar Peri embora e disse para os outros:

– Mas enquanto Peri ainda estiver aqui, eu *não* quero que ninguém trate mal esse índio. Peri sai desta casa quando eu pedir. *Entendeu*, minha mulher?

Dom Antônio disse para Aires Gomes chamar Peri e mandou empalharem a onça. Enquanto isso, Cecília encontrou Álvaro, e o rapaz contou que na noite anterior tinha deixado a caixinha com as joias no peitoril da janela de Cecília. A moça disse que não ia abrir a janela enquanto estivesse ali um presente que não tinha vindo do pai dela, e fugiu.

Álvaro beijou um jasmim que escapou dos dedos dela, pensando estar sozinho, mas viu Isabel, e deixou cair a flor.

– Para você! – disse Isabel, que pegou o jasmim e entregou para o rapaz.

Álvaro ficou branco. A moça, que tinha ouvido a conversa de Álvaro com Cecília, passou por ele e entrou no quarto da prima. Cecília estava sentada na cama. Isabel parou diante de Cecília, olhando para o chão. As duas moças quase ao mesmo tempo levantaram a cabeça e olharam para a janela. Elas ficaram envergonhadas, mas Cecília criou coragem e tomou uma decisão:

– Isabel, abre esta janela.

Isabel tremeu como se um raio tivesse caído em cima dela, mas foi. Não tinha nada ali. A emoção de Isabel foi tão forte, que ela se virou para a prima e soltou um grito de triunfo.

– Isabel! – exclamou Cecília quando afinal compreendeu.

A moça caiu de joelhos aos pés da prima. Cecília percebeu que Isabel gostava de Álvaro.

14 – A índia

Assim que Peri ficou melhor, foi seguir as pegadas da índia. Tinha uma razão bem forte para fazer isso, mesmo ferido.

Dois dias antes, Peri ia alegre pela mata, ainda buscando a famosa onça que Cecília tinha pedido, quando viu um cãozinho sair do mato, seguido por uma índia, que deu dois passos e caiu morta, atingida sem querer por uma bala de Dom Diogo. O filho de Dom Antônio ficou arrasado, porque tinha sido um acidente. O cãozinho tentou reanimar o corpo ensanguentado da índia, mas depois fugiu correndo.

Peri disse para Dom Diogo voltar para casa, e continuou pelo caminho. Longe dali, viu o cãozinho saltar no meio de dois índios e uma índia, da tribo aimoré, que falava uma língua que Peri não conhecia. A índia soltou um grito ao ver o sangue no cachorrinho. O bichinho saiu correndo e os três saíram atrás dele. Peri também voltou.

Os selvagens encontraram o corpo da índia morta e foram atrás do assassino. O trajeto da bandeira mostrou o caminho. Aí é que eles viram as duas moças no rio e quiseram vingança, e por isso tentaram matar Cecília. O fim que tiveram, nós já sabemos: eles morreram, com os tiros de Peri, e a índia fugiu.

Peri perseguiu a índia, porque sabia que ela ia chamar o resto da tribo para vingar as mortes dos parentes. Ele não queria nem pensar no que os canibais podiam fazer na casa de Dom Antônio.

Quando passava por uma grande moita de cactos entrelaçados, Peri ouviu vozes abafadas e um instrumento cavando. Parou, mas não conseguiu ver nada. Uma voz conhecida gritou:

– *Per Dio!* Aqui está!

O índio estremeceu. Era Loredano, o italiano traiçoeiro, que era mais perigoso do que os aimorés. Peri esqueceu a índia e os selvagens. Tinha que ouvir a conversa. Mas como? Rodeou os cactos até que encontrou um formigueiro abandonado. Com a faca, cortou o topo do monte, deixando aberto o buraco fundo que ia até onde estavam os homens que conversavam. As palavras soavam agora claras e distintas. Peri sentou no chão e ouviu.

15 – Os três

O italiano estava contando para Bento Simões e Rui Soeiro que tinha deixado com Dom Antônio de Mariz um testamento para ser lido quando morresse. No testamento, Loredano contava que pretendia assassinar Dom Antônio e Dona Lauriana, raptar e abusar de Cecília, e que Bento e Rui iam sortear Isabel. Loredano sorriu:

– Se vocês me matarem, se eu morrer por acidente, vocês estão perdidos. Para saber de tudo, Dom Antônio só precisa abrir o documento. Vocês estão nas minhas mãos.

Os dois tinham seguido o italiano até os cactos que já descrevemos. Então Loredano falou:

– Vamos tratar de negócios.

Loredano cavou até que o ferro tocou num objeto duro, e ele gritou.

– *Per Dio!* Aqui está!

Retirou do buraco um pequeno pote de barro que quebrou no chão. Loredano abriu um velho papel, com um título escrito em grandes letras vermelhas. Rui e Bento ficaram eufóricos. Passado um momento, o italiano soltou um riso diabólico:

– Cansei de esperar. Vai ser logo. Mas eu aviso: Cecília é a minha parte! Mais alguns dias, amigos, e vamos ser ricos, nobres, poderosos como um rei. Você, Bento, será marquês de Paquequer. Você, Rui, duque das Minas. Eu... vou ser... Eu vou ser...

Uma palavra veio do fundo da terra, dita por uma voz cavernosa como a de um morto:

– Traidor!

Os três homens pularam juntos. Bento e Rui se benzeram. Loredano subiu numa árvore e olhou em volta. Mas não se via nem um inseto.

SEGUNDA PARTE: PERI

1 – O carmelita

Um ano antes do começo desta história, Mestre Nunes, Fernão Aines e Frei Ângelo di Luca observavam uma terrível tempestade, protegidos na varanda da casa do Mestre. Fernão caçoou do padre, dizendo que preferia estar sozinho na casa do que com Deus na tempestade. De repente, um raio rachou em dois um enorme tronco de cedro. Uma das metades esmagou Fernão na hora. Mestre Nunes fez o sinal da cruz, batendo os dentes de pavor. O frade se virou, aterrorizado, mas em seguida sorriu, satisfeito. Socorreram o ferido, que reconheceu:

– Castigo do Céu!

O moribundo chamou Frei Ângelo para a última confissão, e Nunes deixou os dois sozinhos num quarto escuro. A voz do moribundo ficava cada vez mais fraca.

– Padre, eu não mereço perdão, mas quero ao menos reparar o meu crime. No ano passado, roubei de um parente o roteiro das minas de prata de Robério Dias. Fiz pior...

O frade parecia devorar as palavras do moribundo, que continuou:

– Assassinei meu parente e a mulher!

O frade sorriu nas trevas.

– Robério já morreu, e a mulher dele vive pobre na Bahia... Entregue este papel para ela... Promete, Frei Ângelo?

– Prometo! Onde está o papel?

O homem apontou para o crucifixo na parede do quarto. Frei Ângelo quebrou a cruz no joelho, com raiva. Apareceu um rolo de pergaminho. Na luz dos relâmpagos, leu as primeiras palavras, escritas em letras vermelhas:

"Roteiro verídico e exato da rota de Robério Dias, em 1587, até Jacobina, onde descobriu as mais ricas minas de prata do mundo."

O religioso deixou o homem morrer sem absolvição. Agora só pensava nas minas. Em delírio, via rios de prata, palácios, mulheres lindas. Frei Ângelo vestiu as roupas do morto, pôs as armas do cadáver na cintura, vestiu o hábito por cima e saiu.

– Ele se foi, irmão! – disse o frei para Mestre Nunes, fingindo piedade. – Devo cumprir a última vontade dele, que é reparar um crime.

O frade pediu que Mestre Nunes avisasse o convento do Rio de Janeiro e se despediu. Na primeira curva, dois raios caíram sobre a floresta e espalharam um cheiro sufocante de enxofre. O carmelita se lembrou do castigo de Fernão Aines. Aterrorizado, levantou o braço e desafiou a cólera de Deus, como se fosse Satanás expulso para o Inferno:

– Pode me matar, mas, se me deixar vivo, vou ser rico e poderoso a qualquer preço!

O frade passou a noite em claro, na cabana de um índio cristão. De manhã, vagou pela floresta e pelo campo com o selvagem, até chegar nos cactos onde Peri assustou os traidores, que nós lemos no capítulo anterior.

Só um homem saiu dali. Não era mais um frei: era um aventureiro sem medo, com o nome de Loredano. Deixou enterrados naquele lugar um rolo de pergaminho, uma roupa de frade e um cadáver. Cinco meses depois, o superior geral dos carmelitas em Roma era informado que o irmão Frei Ângelo di Luca tinha morrido como santo e mártir.

2 – Iara!

Dois dias depois da cena na casa de Mestre Nunes, numa bela tarde de verão, a família de Dom Antônio estava reunida numa pequena praia, entre duas paredes de pedra. Cecília cansou de perseguir um beija-flor e deitou na grama ao pé do rochedo. De repente, ouviram um grito numa língua estranha:

– *Iara!*

Era uma palavra em guarani, que significa *a senhora.*

Um selvagem, com roupa de algodão, segurava com o ombro uma grande pedra, que estava quase caindo em cima de Cecília. Dom Antônio saltou e tirou a filha do caminho. O índio pulou, e a pedra rolou e ficou enterrada fundo no chão. Os outros gritaram apavorados. O fidalgo não sabia o que era mais admirável no índio: a força e heroísmo com que tinha salvado Cecília, ou a agilidade como ele próprio tinha escapado da morte.

Dona Lauriana e Isabel rezavam de joelhos. Cecília, ainda assustada, abraçava o pai. O índio olhava com profunda admiração a moça que ele mesmo tinha salvado da morte. Por fim Dom Antônio pegou a filha pela cintura, caminhou até o selvagem e estendeu a mão com um gesto nobre e amistoso. O índio se curvou e beijou a mão do fidalgo, que perguntou, em guarani, de que nação ele era.

– Goitacá – respondeu o selvagem, erguendo a cabeça com orgulho. – Sou Peri, filho de Ararê, primeiro da tribo.

– Eu sou um fidalgo português, um branco inimigo da sua raça, conquistador da sua terra, mas você salvou minha filha. Eu quero oferecer para você a minha amizade.

– Peri aceita. Você já era amigo.

Dom Antônio ficou admirado, e o índio explicou que os goitacás tinham matado todos os brancos e incendiado as casas para vingar a morte de Ararê. Na "casa da cruz", que estava em chamas, Peri teve a visão de uma linda senhora. Ela depois voltou para ele num sonho, e disse que Peri era escravo dela. Ele devia seguir essa senhora por toda a parte. Tempos depois, a mãe de Peri contou para ele que dois brancos, um guerreiro e uma virgem, um dia salvaram a vida dela. Peri então foi procurar o guerreiro branco, para ser amigo, e a senhora, para ser escravo. Então, ao meio-dia, Peri chegou no rio e viu uma casa grande e a virgem branca. Era ela a senhora que Peri tinha visto no sonho.

– O rochedo rachou e quis fazer mal para a minha senhora. A senhora tinha salvado a mãe de Peri, e Peri não quis que a senhora ficasse triste e voltasse para o céu. Guerreiro branco, Peri oferece para você o arco. Você é amigo – concluiu o índio.

Dom Antônio traduziu tudo para Cecília, que estava com medo, mas queria saber o que o índio dizia. Compreenderam que a mãe de Peri era uma índia salva dos aventureiros por Dom Antônio dois dias antes, e que tinha ganhado muitos presentes de Cecília. O fidalgo convidou Peri para jantar com a família, e ele aceitou. Já na casa, Dom Antônio deu para Peri uma linda carabina com o brasão de armas do fidalgo, a mesma que já vimos com o índio.

– É a minha companheira fiel, a minha arma de guerra. A bala que sai dela é como a seta do teu arco. Peri, você me deu minha filha, e minha filha dá para você a arma de guerra do pai dela.

– Esta arma e Peri serão um só corpo – disse o índio.

Durante o jantar, Peri não comeu nada, pois não conhecia aquele tipo de comida, nem os talheres e a etiqueta. Dom Antônio então encheu duas taças de vinho português.

– Peri, entre os brancos, um homem bebe pela saúde daquele que é amigo. O vinho dá a força, a coragem, a alegria. Beber por um amigo é uma maneira de dizer que o amigo vai ser sempre forte, corajoso e feliz. Eu bebo pelo filho de Ararê.

– E Peri bebe por você, porque é pai da senhora, salvou a mãe de Peri e é um guerreiro.

A cada frase, o índio tomava um trago de vinho, sem demonstrar que achava o gosto ruim: pelo pai de Cecília, ele bebia mesmo que fosse veneno.

3 – Gênio do mal

Peri era tratado como amigo por Dom Antônio, mas Cecília tinha muito medo do índio, influenciada que era desde criança pelos preconceitos da mãe. Já Isabel não podia ver um índio sem lembrar dos motivos por que era desprezada.

Quinze dias depois que Peri salvou Cecília, Loredano apareceu por ali e pediu hospedagem na casa de Dom Antônio. Ele foi contratado pelo fidalgo como um de seus homens.

Depois de esconder o roteiro das minas, Loredano tinha buscado abrigo na casa de Dom Antônio de Mariz, porque queria pensar com calma se vendia o mapa para algum rei, ou se contratava aventureiros para explorar o tesouro ele mesmo. O ex-frei teve uma ideia: **mercenários**, como os aventureiros do fidalgo, obedecem quem paga melhor, e podiam virar cúmplices.

Mercenários são guerreiros que lutam em troca de dinheiro.

No meio desses pensamentos, porém, aconteceu algo que mudou tudo. Ele viu Cecília. Sentiu que precisava daquela mulher tanto quanto do tesouro.

Começou por convencer os dois aventureiros mais influentes, Rui Soeiro e Bento Simões. Para se prevenir de uma traição, entregou aquele testamento para Dom Antônio de Mariz. Só que nesse papel, em vez de revelar o plano, dizia que a ideia da traição era dos cúmplices.... O frade ia mentir até depois de morto.

Loredano esperava há um ano. Estava cansado e queria dar o golpe de uma vez. Porém, aquela voz saída de dentro da terra tinha modificado a situação. Mas não vamos nos precipitar. Ainda estamos em 1603, um ano antes daquela cena.

4 – Ceci

Poucas horas depois de Loredano ser contratado por Dom Antônio, Cecília avistou Peri pela janela do quarto. O selvagem estava sumido por quatro dias, e já achavam que ele tinha voltado para a tribo.

Quando viu Peri, Cecília levou um susto e fugiu da janela, mas lembrou que era ingratidão pagar assim toda a dedicação do índio. Cecília venceu a timidez, foi até a janela e chamou Peri com um aceno. O índio correu na direção da casa, alegre, enquanto Cecília ia chamar o pai. Juntos, pai e filha foram encontrar Peri, que já vinha subindo.

O índio ficou de joelhos na frente de Cecília e abriu a tampa de uma caixinha de palha que tinha trazido. A menina ficou encantada: eram beija-flores vivos. Alguns conseguiram escapar e deram voltas em torno da cabeça loira. Quando Cecília cansou de admirar os passarinhos, beijou um por um. Peri estava feliz. Pela primeira vez depois do salvamento, tinha conseguido fazer a senhora sorrir. Mesmo assim, era fácil ver que o índio estava triste. Ele disse que ia para casa.

– Mas e se a pedra quiser machucar esta sua senhora, quem é que vai defender? – perguntou a menina, sorrindo.

– Se a senhora manda, Peri fica – disse o índio.

Cecília riu daquela obediência cega, mas ficou orgulhosa por dominar tanta força e valentia.

– A senhora não quer que Peri vá embora – disse ela com um arzinho de rainha.

– Peri fica.

Ouviram então um chamado em guarani. Peri correu para a floresta. A mãe dele queria que ele voltasse. O índio disse que ia ficar por ordem da senhora. Encostou a testa na testa da mãe, e as lágrimas dos dois se misturaram. Depois disso, a índia foi embora, devagar. Peri seguiu a mãe com os olhos até ela desaparecer. Naquela mesma noite, construiu a pequena cabana na ponta do rochedo.

Três meses depois, Cecília continuava ingrata. Quando o índio chegava perto, ela gritava, ou fugia, ou mandava embora. Peri já falava e entendia o português, e ia para longe, triste e humilhado, mas continuava fiel. Também guiava Dom Antônio na mata, mostrando onde encontrar ouro e pedras preciosas. De volta das expedições, trazia um perfume, uma flor, um pássaro, que pedia para o fidalgo dar para *Ceci*.

Um dia a menina resolveu implicar com isso:

– Por que você me chama de *Ceci?* Não sabe dizer Cecília?

– *Ceci* é o nome que Peri tem dentro da alma. Na língua de índio, diz o que Peri sente.

– E em português?

– Senhora não deve saber.

A menina bateu com o pé no chão e correu para o pai:

– Meu pai, o que quer dizer *Ceci* na língua dos índios?

– *Ceci?* É doer, magoar.

A menina sentiu muito remorso e nunca mais foi má para Peri.

– Me chame de Ceci – dizia às vezes para o índio. – Esse nome me lembra que eu fui má para você e vai me ensinar a ser boa.

...e abriu a tampa de uma caixinha de palha que tinha trazido. A menina ficou encantada: eram beija-flores vivos.

5 – Covardia

Vamos continuar a história no ponto onde a gente parou. Estamos com Loredano e os companheiros, apavorados pela voz que saiu do chão e disse "traidor". Bento Simões e Rui Soeiro eram supersticiosos e acharam que aquilo era um aviso do céu. Mas Loredano tinha certeza de que a voz era de um homem. Os três saíram pelo campo. No caminho, viram Álvaro. Loredano virou para os companheiros e disse:

– Aí está, imbecis! Me esperem.

E foi atrás de Álvaro. O rapaz era um bom caçador. Bastou ele ouvir um estalo de folhas secas pisadas para encostar no tronco de uma árvore e esperar com a arma na mão. Loredano, vendo Álvaro preparar a arma, teve certeza que a voz era dele. O italiano, maldoso, desafiou o rapaz para uma luta de morte, e Álvaro escolheu o punhal. A luta ia começar, quando Loredano teve uma ideia. Ele lembrou a Álvaro que aquele que ficasse vivo ia ser considerado assassino e sugeriu que eles atirassem um no outro na beirada do rochedo: quem morresse ia desaparecer na cachoeira, e ninguém ia saber de nada.

Os dois foram na direção do rio. Álvaro ia na frente. Era um cavalheiro e não sentia medo. Ia pensando em Cecília, mas também em Isabel. O italiano deixou cair de propósito a espada e ficou para trás, e Álvaro continuou caminhando. Mal sabia o jovem apaixonado que uma bala ia partir, guiada pelo olhar certeiro de Loredano.

6 – Nobreza

Álvaro ouviu um tiro. A bala roçou o chapéu e cortou a ponta da pluma vermelha que enfeitava o chapéu do jovem. O rapaz virou o corpo, sorrindo com desprezo, e viu Peri segurar a nuca de Loredano com a mão esquerda, obrigando o italiano a ficar de joelhos. O índio já ia cravar uma faca na cabeça do italiano.

– Solte esse miserável, Peri! Ele atirou em mim, e é a minha vez de atirar nele.

Armou a carabina e encostou o cano na testa do italiano. Disse, então:

– Você vai morrer. Pode fazer uma oração.

Peri abaixou a faca e recuou um passo. O italiano não disse nada.

Álvaro abaixou a arma:

– Você não é digno de morrer pela mão de um homem de bem. Jure que amanhã vai embora e nunca mais vai voltar. Este é o preço para ficar vivo.

O rapaz tirou uma cruz do pescoço e ofereceu para Loredano. O italiano estendeu a mão e jurou, rindo por dentro.

O cavalheiro se virou para continuar pelo caminho, chamando Peri. O índio estava decepcionado. Quando ouviu os bandidos combinarem de fazer mal para Cecília e Dom Antônio, quis pular nos três inimigos, mas lembrou que, se morresse, não ia poder defender Cecília. Resolveu então esperar uma ocasião melhor, e foi lavar a roupa ensanguentada no rio. Estava voltando para avisar do ataque dos aimorés, quando viu Loredano mirar em Álvaro. Ficou feliz pela oportunidade de matar Loredano, que queria o mal de Cecília, a senhora que adorava. Depois, era só passar a faca nos outros dois e, quando tudo estivesse terminado, contar a traição para Dom Antônio. Mas Álvaro era generoso e não quis a morte de Loredano...

O índio contou então para Álvaro o que tinha acontecido na janela de Cecília naquela noite. Álvaro ficou enfurecido, mas Peri disse que estava mais preocupado com outro assunto:

– O inimigo da casa quer fazer mal. Se Peri morrer, você conta para a mãe dele, e todos os guerreiros goitacás vão ajudar você a salvar Ceci.

– Mas quem é o inimigo da casa?

O índio não respondeu e entrou no mato. Enquanto o rapaz subia a escada, Peri dava a volta na casa até chegar no lado do quarto de Cecília. Peri já tinha avistado a janela, quando Aires Gomes surgiu e chamou o índio:

– Olá, mestre bugre!... Dom Cacique!... Caçador de onça viva!... Ouça aqui!

7 – No precipício

Peri tinha parado para ver Cecília de longe. Aires Gomes, que estava perseguindo Peri a pedido de Dona Lauriana, agarrou o índio pelo braço. Tinha que levar Peri para falar com Dom Antônio. Peri disse que ia só, e não com Aires Gomes. Mas Peri sabia que o escudeiro não ia largar dele. Assim, pegou a faca e cortou um cipó.

Enquanto o velho argumentava que não ia desistir de levar o índio, Peri dominou Aires Gomes e foi amarrando no tronco de uma árvore, sem que o escudeiro conseguisse reagir.

– Bugre do diabo! Cachorro dos infernos! – gritou o escudeiro, vendo o índio sumir na floresta, enquanto ele não podia nem se mexer.

Sem ligar para os palavrões de Aires Gomes, Peri chegou perto da casa.

Cecília estava com muita pena do sofrimento de Isabel. Não queria magoar ninguém e pensava que, se conseguisse resgatar o presente de Álvaro, ia poder unir a prima e o rapaz. Assim Cecília podia mostrar para Isabel como gostava dela. Peri viu a menina olhar tristemente o fundo do precipício e resolveu buscar o pacotinho.

Peri nem pensava nas cobras e aranhas do fosso. Tinha medo sim era que fosse escuro demais no fundo para descobrir o objeto que ia procurar. Por isso, cortou o galho de uma árvore, acendeu o fogo e começou a descer. Cecília viu o índio descendo pela encosta e começou a chorar.

– Peri!

– Não chore! – disse ele. – Peri vai buscar o que Álvaro deu para a senhora.

– Você vai morrer! A senhora está mandando você não descer.

– Peri desobedece à voz da senhora, para obedecer ao coração da senhora.

E o índio desapareceu no precipício. Cecília soltou um grito e ficou agarrada no parapeito.

8 – O bracelete

Cecília ficou gelada de espanto e horror com o que viu. De todos os lados, surgiam cobras enormes e aranhas venenosas. No meio do coro horrível das cobras e dos insetos, se destacava o canto monótono e triste da cauã no fundo do abismo. O índio tinha desaparecido. Só dava para ver o reflexo da luz da tocha. Cecília estava certa de que Peri tinha sido devorado pelos monstros. Chamou:

– Peri!

Se o índio não respondesse, estava morto. Cecília sofreu muito até que Peri falou:

– Espere, senhora!

Mas a menina achou que a voz surda e rouca era de alguém que estava sofrendo.

– Você está ferido? – perguntou nervosa.

Não ouviu resposta, só um grito que partiu do fundo do abismo. Depois, a cauã cantou de novo, e uma cascavel furiosa passou. Cecília caiu desmaiada. Quinze minutos depois, acordou e viu Peri sorrindo. Ele mostrava uma bolsa de malha com uma caixinha de veludo vermelho dentro.

Cecília agarrou as mãos do índio e perguntou ansiosa:

– Você não foi mordido, Peri? Que medo eu passei!

– Peri é filho da floresta, nasceu no meio das cobras. Elas conhecem Peri e respeitam.

Peri dizia a verdade. Os índios imitavam o canto do cauã quando andavam na floresta de noite. Esse pássaro come cobras, e por isso elas fugiam. A tocha era só para poder enxergar. Quando achou a bolsa, soltou um grito feliz, que Cecília pensou ser de dor, porque o eco distorcia os sons.

Cecília abriu a caixinha e experimentou o bracelete de pérolas, só para ver como ficava. O índio lamentou que não podia dar para ela um presente tão bonito, mas Cecília disse que, se ele colhesse uma flor, ela podia usar no cabelo. Enquanto a moça botava o bracelete de volta na caixa, Peri buscou uma linda flor vermelha. A menina prendeu a flor nos cabelos, e foi para o quarto da prima, levando a caixinha.

Isabel não parava de chorar desde que tinha revelado que gostava de Álvaro. Cecília beijou a prima e disse para ela não ter medo, porque as duas eram como irmãs, e ela queria que Isabel fosse feliz com Álvaro. Abriu a caixinha e pôs o bracelete no braço de Isabel.

– Como ficou bem na sua pele morena! Ele vai achar você bonita!

Cecília percebeu que Isabel ficou desconfiada, e mentiu pela primeira vez na vida:

– Meu pai mandou vir dois iguais, porque eu pedi um para você. Eu vou usar o meu também, e nós vamos ser irmãs.

9 – Testamento

Cecília saiu e deixou Isabel sozinha. Nesse momento, Dom Antônio chamou Dom Diogo e Álvaro para o depósito de armas, uma salinha no lado do oratório. Nela, uma portinha escondia uma escada que descia para um buraco na pedra, descoberto durante a construção da casa. O fidalgo guardava ali a pólvora, para evitar acidentes. Dom Antônio sentou com os dois rapazes em volta da mesa.

– Tenho sessenta anos e estou velho. Devo fazer o meu testamento, e almas nobres e leais como as de vocês são melhores que um escrivão para guardar a última vontade de um fidalgo: um papel pode queimar, mas o coração de um cavalheiro é um documento vivo e fiel. Ouçam, então, o meu testamento. Você e sua mãe, meu filho, têm o meu amor e minha fortuna, e não me preocupam. Mas preciso zelar pela minha filha e pelo meu nome. Para você, Dom Diogo, passo a herança de meu pai. Sei que você tem a alma pura e vai honrar nosso nome. Para você, Álvaro, deixo a obrigação de fazer minha Cecília feliz.

Os moços, ajoelhados, beijavam as mãos de Dom Antônio, que estava emocionado, e disse para eles:

– Quero que vocês se abracem como irmãos que agora vocês são, meus filhos, e ouçam o resto.

Os rapazes levantaram e se abraçaram. O velho continuou:

– Tenho uma filha natural. Por respeito com a minha mulher, e por medo de envergonhar a menina, tive que dizer que era minha sobrinha. Peço para vocês que amem Isabel como irmã, que de fato ela é, para que ela possa perdoar minha indiferença e minha culpa pela infelicidade da mãe dela...

Dom Antônio caminhou pelo aposento até dominar a emoção e concluiu:

– Como eu sei que vocês vão cumprir minha vontade, nem precisam jurar.

Ele então mandou os rapazes chamarem Peri, Dona Lauriana e Cecília, e ficou escrevendo num **pergaminho** até todos chegarem.

Muito antigamente, as pessoas escreviam documentos em *pergaminho*, um material feito com pele de ovelha.

Peri ficou preocupado quando chegou e viu a família reunida. Cecília se escondeu atrás do irmão, chorando desesperada. O fidalgo falou:

– Peri, somos amigos, mas preciso pedir que você volte para a tribo de onde você veio. É que o Deus dos brancos não quer que um homem que não adora o nosso Deus viva no meio de nós. Até hoje nós desobedecemos, mas agora ele está mandando.

– O Deus de Peri também mandava que ele ficasse com a mãe, na tribo, junto dos ossos do pai, mas Peri abandonou tudo para seguir você.

Ficaram em silêncio. Dom Antônio não sabia o que dizer. O índio olhou para Cecília.

– Peri espera a ordem da senhora. Você manda que Peri vá, senhora?

Dona Lauriana fez para a filha um gesto autoritário. Cecília mal conseguiu gemer:

– Sim!

O índio baixou a cabeça, e uma lágrima rolou. É impossível descrever a dor que ele sentia.

10 – Despedida

Dom Antônio apertou a mão de Peri e entregou para o índio o pergaminho que tinha escrito logo antes, dizendo para o filho:

– Este papel, Dom Diogo, garante que Dom Antônio de Mariz e os herdeiros dele respondem por nosso amigo e pagam *qualquer* resgate por Peri, se ele for prisioneiro.

Peri olhou o rosto de cada uma das pessoas presentes. Quando chegou em Cecília, não resistiu e ficou de joelhos na frente dela. A menina tirou do peito uma pequena cruz de ouro e prendeu no pescoço do índio com uma fita preta:

– Volte quando você souber o que esta cruz quer dizer, Peri.

– Não, senhora, ninguém volta do lugar para onde Peri vai.

Cecília estremeceu. O selvagem se levantou e caminhou para Dom Antônio.

– Peri vai partir. Você manda, ele obedece. Leva a morte no coração, porque amanhã você vai ser atacado pelo aimoré, e Peri não vai estar aqui para defender.

– Como você sabe disso? – perguntou Dom Antônio, desconfiado.

O índio olhou para o chão..

– Peri sabe porque viu o pai e o irmão da índia que seu filho matou sem querer. Eles olharam a casa, soltaram o grito da vingança e voltaram para a tribo. Peri veio avisar.

– Só se eu não conhecesse você, Peri. Duvido que você deixasse eles irem embora.

Dom Antônio percebeu um pequeno ponto vermelho no ombro da túnica branca. Desceu os olhos para as pistolas na cintura de Peri, e depois cruzou os braços, olhando para o índio com admiração.

– O que você está fazendo agora, Peri, só um fidalgo faz. O seu coração merecia estar no peito de um cavalheiro português.

O fidalgo abriu os braços e deu em Peri o abraço da antiga cavalaria. O índio estava comovido e confuso.

– Peri, não devemos mentir, nem mesmo para esconder boas ações. Quem disparou dois tiros junto ao rio, quando a senhora estava no banho?

– Foi Peri.

– Quem atirou uma flecha que caiu perto de Cecília?

– Um aimoré – respondeu o índio, estremecendo.

– Por que a outra flecha ficou no lugar onde estão os corpos dos selvagens?

Peri não respondeu. Dom Antônio concluiu:

– O ferimento diz tudo. Para salvar a senhora, você colocou o próprio corpo para receber as flechas dos inimigos. Depois matou os dois.

– Peri! – gritou Cecília – Fique! É sua senhora que manda.

– Ele vai ficar conosco, e para sempre! – disse Dom Antônio, emocionado.

Dona Lauriana, que era uma boa pessoa, descontados os preconceitos, disse:

– Agora sou eu quem pede que Peri fique!

O índio beijou com respeito a mão que a esposa do fidalgo estendeu. Neste momento, Aires Gomes apareceu na porta e ficou paralisado. Não podia entender o que estava acontecendo. Para isso, ele precisava saber o que tinha acontecido enquanto procurava Peri.

Pela manhã, Dom Antônio seguiu uma grande nuvem de urubus e encontrou os corpos dos dois selvagens. Viu que eram aimorés, e tinham sido mortos a bala. Dom Antônio voltou para casa, preocupado com um ataque. No caminho, mandou dois aventureiros enterrarem os selvagens e manterem segredo. O resto nós já sabemos. O aviso de Peri e o sangue na túnica do índio ligaram o que o fidalgo tinha visto com aquilo que Isabel tinha contado na hora dos tiros e das flechadas.

Aires Gomes, amarrado na árvore por Peri, tinha conseguido puxar e levantar a espada com o pé e assim cortar os cipós. O escudeiro estava tão ofendido que resolveu que, se Dom Antônio não deixasse ele matar o índio, ele ia pedir demissão, depois de trinta anos de serviço! O fidalgo riu do espanto do escudeiro e quis reconciliar Peri com ele também.

– Aires, venha apertar a mão do melhor amigo de toda a minha família!

Aires Gomes estendeu o braço, duro. O índio sorriu.

– Você é amigo. Peri nunca mais vai amarrar você.

Todos adivinharam o que tinha acontecido, e ninguém conseguiu segurar o riso.

– Maldito bugre! – resmungou o escudeiro.

11 – Travessura

Na tarde desse mesmo domingo, Cecília e Isabel saíram do jardim abraçadas. Cecília estava preparando uma travessura. Já Isabel estava um pouco chateada, porque achava que todos, e principalmente Álvaro, iam saber o segredo dela.

Encontraram Dom Antônio e Álvaro. Cecília convidou os dois para passearem com elas. O fidalgo aceitou, e o rapaz foi junto, triste porque sentia que Cecília não gostava dele. Desceram a escada de pedra até o vale, e de repente Cecília puxou o pai para o lado para dizer que ia contar um segredo. Assim, conseguiu deixar Álvaro e Isabel sozinhos:

– Converse com Isabel, senhor Álvaro. Você já viu o novo bracelete dela?

O segredo era só uma desculpa para provocar uma conversa entre Álvaro e Isabel... Os dois ficaram emocionados. Isabel entendeu tudo, mas ele não estava entendendo nada. Bastaram algumas frases para entrarem em acordo: tinham sido enganados por Cecília, e o presente de Álvaro tinha ido parar com Isabel.

– Por que ela fez isso, Isabel? Você sabe?

– Ah! Se eu sei... – exclamou Isabel, tentando disfarçar o amor que sentia pelo rapaz.

– Então me diga, eu suplico! – pediu Álvaro, ajoelhado, segurando a mão de Isabel.

Dava para ver o peito da moça subir e descer com as batidas violentas do coração. O rapaz ficou fascinado com o olhar ardente da jovem.

– Ah, não posso! – disse Isabel. – Eu ia ter que confessar tudo!

– E por que não confessa? Não confia em mim? Sou seu amigo!

– Se você fosse meu amigo, me perdoava.

– Perdoar, Dona Isabel? Perdoar por quê? – perguntou Álvaro, admirado.

Isabel estava chorando. O rapaz pegou as duas mãos de Isabel e esperou uma resposta. Ele não tinha percebido como ela era bonita, e de repente começou a sentir atração pela moça do corpo moreno.

Isabel não aguentou mais. Agarrada no ombro de Álvaro, disse baixinho:

– Porque... eu amo você!

12 – Pelo ar

Álvaro se levantou num pulo. Agora era Isabel que estava ajoelhada diante do rapaz.

– Você prometeu me perdoar!

– Não tenho o que perdoar, Dona Isabel, mas não vamos mais falar disso.

– Me ouça um pouquinho, e eu juro pela minha mãe que nunca mais vai ouvir minha voz!

Álvaro ficou comovido com o desespero de Isabel, mas lembrou do pedido de Dom Antônio. Aquela moça já sofria tanto!

Isabel continuou:

– Só quero mostrar que não sou tão culpada por gostar de você. Eu perdi a mãe muito cedo e não conheci meu pai. E sou filha de duas raças inimigas! A desgraça de minha mãe me fez odiar a raça branca, e o desdém com que me tratam me fez desprezar a raça índia. Mas eu sentia necessidade de amar alguma coisa. Não dá para viver só de ódio e desprezo! Não sei como, não sei quando, comecei a amar você em silêncio, no fundo de minha alma...

Isabel deitou a cabeça no ombro de Álvaro. O cavalheiro, emocionado, deu um abraço apertado na moça, mas se afastou de repente.

– Não tenha medo de mim – disse ela com tristeza. – Prefiro que você me esqueça, se for lembrar de mim só para me odiar!

– Não seja injusta comigo, Isabel. É verdade que não posso gostar de você como você quer, mas eu gosto de você como um irmão. Adeus, minha boa irmã.

O rapaz disse essas últimas palavras com ternura, apertando a mão de Isabel. Depois saiu dali para refletir. Estava convencido de que não era, nem nunca tinha sido amado por Cecília, e descobria isso no mesmo dia que recebia de Dom Antônio a mão dela! Álvaro caminhava, pensativo, quando de repente viu uma longa flecha fincar no chão. As penas da flecha eram azuis e brancas, as cores de Peri: as cores dos olhos e do rosto de Cecília. Álvaro entendeu o recado: Peri mandava parar e prestar atenção.

Depois de um instante, uma pequena flecha cravou na primeira. Álvaro entendeu que era para arrancar a flecha, e fez isso. Imediatamente, uma terceira flecha mergulhou numa moita. Álvaro entrou ali. Logo em seguida, três vultos passaram. Álvaro não pôde reconhecer nenhum por causa da folhagem, mas viu que iam de pistola em punho na direção da casa. Peri apareceu, sem fazer barulho, e disse:

– São os inimigos brancos. Espere aqui – e o índio desapareceu de novo.

13 – Trama

Vamos voltar para o lugar onde deixamos Loredano. Depois que Álvaro e Peri se afastaram, o italiano teve um acesso de raiva e desespero. Não adiantava chamar os cúmplices, porque eles não tinham coragem suficiente para atacar Álvaro e Peri. Com medo de piorar a situação, engoliu a raiva e começou a pensar como podia salvar o plano que tinha. Rui Soeiro e Bento Simões chegaram, assustados.

– Não foi ele que gritou "traidor"! – disse Loredano. – Se fosse, não me deixava vivo. Mas é certo que quem sabe o nosso segredo é um homem, e ele pode nos denunciar.

Bento Simões e Rui Soeiro não acreditavam que a voz fosse de um ser humano. Achavam que era um espírito. Bento insistia que era coisa de outro mundo, até que Loredano perdeu a paciência e ameaçou matar o cúmplice ali mesmo.

Bento queria fugir, mas Rui concordou com Loredano que, sozinhos, os três não tinham chance na selva. Decidiram correr o risco de voltar para a casa. Rui contava com oito aventureiros, e Bento com outros sete, e eles podiam vencer, se ainda não tivessem sido denunciados.

Só voltaram para casa depois das cinco da tarde. Enquanto carregavam as armas e combinavam entrar um de cada vez quando chegassem, foram ouvidos por Peri. Ele seguiu os três e estava se preparando para matar um por um, começando pelo último. Mas Bento tropeçou e caiu em cima de Rui, e Loredano voltou para ver o que estava acontecendo. Com os três juntos novamente, Peri desistiu. Foi então que Peri viu Álvaro no caminho dos aventureiros e salvou o rapaz, que foi avisado com as flechas.

Peri então deixou Álvaro sozinho e foi esperar os aventureiros junto da cerca para matar um por um à medida que fossem entrando. Mas, quando Bento Simões se adiantou e atravessou a cerca, Peri ouviu naquela direção a voz de Cecília, que voltava do passeio com o pai e a prima. O índio não quis assustar ou, pior ainda, ferir a menina por acidente.

Bento Simões passou sem saber que tinha escapado de morrer.

14 – A canção

Pouco depois, Peri viu Loredano e Rui Soeiro passando. Era a terceira vez que eles escapavam, e o índio resolveu agir logo. Mas como é que Peri podia avisar Dom Antônio do perigo, se por acaso morresse? O índio então procurou Álvaro, que já tinha esquecido dele e estava pensando nas novas sensações trazidas pelo corpo e pela voz de Isabel. Álvaro quis saber quem eram os inimigos, mas Peri não contou. Para ele, o cavalheiro ia acabar defendendo os maus. E Álvaro achou mesmo que era uma preocupação exagerada de Peri com Cecília:

– Uma acusação dessas precisa de provas. Todos têm o direito de defesa!

– Dom Antônio e você só servem para combater homens que atacam pela frente. Peri caça onça e esmaga cobra. Peri vai atacar os inimigos. Se morrer, Álvaro mata inimigos.

– Assassinar? Nunca, Peri!

– Você não ama Ceci! Se amasse, você matava o próprio irmão para salvar Ceci.

Os dois homens trocaram olhares em silêncio. A alma e a nobreza eram iguais, mas eles pensavam de maneira diferente. Álvaro não desviava do dever por nada, enquanto a dedicação a Ceci era a própria vida de Peri. Mas os dois se compreendiam. O índio afinal bateu com a mão no peito e disse com energia:

– Peri vai defender a senhora sozinho: não precisa de ninguém. Só pode morrer uma vez, mas uma vida basta.

– Pois bem, amigo – respondeu Álvaro –, vá realizar o sacrifício. Também tenho uma vida, e a minha espada. Meu corpo vai ser o escudo de Cecília.

– Você podia ter nascido aqui e ser o rei das florestas. Peri ia chamar você de irmão.

Apertaram as mãos e voltaram para a casa. Peri foi para o jardim de Cecília. Meia hora depois, a moça voltou do jantar e correu para o índio.

– Meu pobre Peri, você sofreu muito hoje, não é? A sua senhora foi bem má e ingrata, porque mandou você partir! Mas agora meu pai disse que você fica conosco para sempre.

– Você é boa, senhora: chorou quando Peri ia partir, pediu para ele ficar... E o escravo não pode reclamar da senhora.

– Mas você não é escravo! Você é um amigo que salvou a minha vida duas vezes, faz o impossível para me ver contente e todos os dias se arrisca a morrer por mim. Ceci vai ensinar você a conhecer o Senhor do Céu, a rezar e ler histórias bonitas. Quando você souber tudo isso, vai poder usar um manto de seda com a cruz e ter uma espada, ser um cavalheiro como Álvaro, meu irmão e meu pai. Está bem?

– Peri com essa roupa ia se sentir como o pássaro sem asas, como o peixe fora d'água.

Cecília bateu com o pé.

– Você não faz o que Ceci pede? Pois Ceci não gosta mais de você.

E correu para o quarto, batendo a porta. O índio voltou triste para a cabana. De repente, uma voz bonita cortou o silêncio da noite, acompanhada pelos sons suaves do violão. Uma antiga canção portuguesa falava de um muçulmano que virou cristão para ser aceito pela amada.

"As duas almas cristãs, / Na cruz / Um beijo tornou irmãs", cantou a voz suave e meiga, que acabou no eco e no silêncio.

TERCEIRA PARTE:
OS AIMORÉS

1 – Partida

Na segunda-feira, às seis da manhã, Dom Antônio de Mariz chamou o filho. Desde a madrugada, estava escrevendo e pensando nos perigos que ameaçavam a família. Ele sabia como os aimorés eram ferozes e vingativos. Por isso, junto com Álvaro, Dom Diogo e o escudeiro Aires Gomes, tomou todas as providências para a defesa da casa.

Quando o filho entrou, o velho fidalgo tinha acabado de selar duas cartas. O pai mandou Dom Diogo partir para o Rio de Janeiro naquele mesmo dia. O rapaz não queria ir e deixar a família em perigo, mas Dom Antônio explicou que era justamente por isso: com sorte, Dom Diogo voltava a tempo de salvar o pessoal da casa com reforços mandados pelo governador da Capitania, Martim Afonso de Sá, e pelo irmão de Dona Lauriana. O rapaz beijou a mão do pai e foi se despedir da mãe e das irmãs. O fidalgo foi dar ordens para Álvaro escolher quatro homens para acompanharem Dom Diogo até o Rio de Janeiro.

O galpão dos aventureiros estava agitado quando Álvaro chegou. Os três grupos mais indignados eram aqueles liderados por Loredano, Rui Soeiro e Bento Simões. O mau humor geral era por causa da proibição de sair sem autorização. Quase todos estavam contrariados, mas entenderam depois que Álvaro explicou que os índios iam atacar. Álvaro concluiu:

– Dom Antônio precisa de quatro homens dedicados para acompanharem o filho dele até o Rio de Janeiro. É uma missão perigosa. Quem vai?

Vinte homens se adiantaram, e o cavalheiro escolheu três.

– Você vai ser o quarto, Loredano.

O italiano mentiu que estava doente, com medo que descobrissem a trama enquanto ele estivesse fora, mas Álvaro falou no ouvido dele:

– Se você não for, vai ser arcabuzado em uma hora.

O italiano sabia que ia ser condenado até pelos próprios companheiros se todos soubessem que ele tinha, uns dias antes, atacado Álvaro pelas costas. Chamou então Rui Soeiro e disse para prepararem tudo para aquela mesma noite, porque ele ia enganar Dom Diogo e voltar.

2 – Preparativos

Enquanto Dom Antônio e o filho conversavam, Peri preparou as armas, decidido a impedir os planos de Loredano. Foi até o quarto de Cecília, e viu que ela estava chateada.

– Você não quis fazer o que eu pedi, e a senhora de Peri ficou triste – disse ela.

E era verdade. Cecília sabia que a mãe e os outros desprezavam o índio por ele não ser batizado. O índio explicou:

– Se Peri fosse cristão, e um homem quisesse ofender Ceci, Peri não podia matar, porque o Deus da senhora manda não matar. Peri é selvagem e não respeita ninguém: quem ofende a senhora é inimigo e morre! Peri desobedeceu por causa de Ceci. Quando a senhora de Peri não estiver mais correndo perigo, Peri vai ficar de joelhos e beijar a cruz que Ceci deu.

Cecília prometeu esperar esse dia. O índio então pediu para a moça que *riscasse um papel*. Ela sentou e pegou uma folha, contente por poder satisfazer um desejo do amigo, mas quase desistiu quando soube que era uma carta para Álvaro. Sem entender por que, escreveu os nomes de Loredano, Rui Soeiro e Bento Simões, que Peri ditou. Essa era a carta: os nomes dos três. O índio pediu que ela entregasse a carta para Álvaro de tarde, e não antes. Enquanto isso, Diogo entrou, para as despedidas.

Peri foi esperar os bandidos na floresta, mas viu Loredano ir embora na escolta de Dom Diogo e assim percebeu que o plano de atacar os inimigos não tinha dado certo. Procurou Álvaro e contou o que tinha ouvido nos cactos. Também disse que tinha feito Cecília escrever uma carta, que revelava para o cavalheiro quem eram os inimigos, mesmo se Peri morresse na luta contra os bandidos. Álvaro prometeu mandar embora Rui Soeiro e Bento Simões.

Durante o dia todo, os aventureiros melhoraram as defesas da casa. Uma pessoa, porém, não se preocupava com os aimorés: era Isabel, que só pensava em Álvaro. De tarde, os dois se encontraram por acaso. Nenhum dos dois conseguiu falar, até que Isabel disse que precisava devolver o bracelete. O rapaz pediu que ela ficasse com a joia, e a moça aceitou, emocionada. Álvaro saiu quase fugido: não conseguia mais controlar a paixão por Isabel, mas tinha jurado que ia casar com Cecília.

Quase de noite, chegaram seis vizinhos, avisados do perigo por Dom Diogo. Um deles era o nosso conhecido Mestre Nunes, que um ano antes tinha hospedado o Frei Ângelo di Luca, naquele dia de tempestade.

3 – Verme e flor

Às onze horas da noite, Loredano voltou. Rui Soeiro e Bento Simões eram os vigias. A única luz que se via era a que escapava por baixo da porta do quarto de Aires Gomes. Os três bandidos foram até a casa. Bento desapareceu nas sombras, e Rui disse para Loredano que, como os conspiradores agora eram vinte, sem contar o italiano, restavam dezenove aventureiros para defender a família de Dom Antônio. Loredano viu que os bandidos tinham dois homens sobrando. Pensou um pouco e perguntou se podia contar com a fidelidade de Rui. O cúmplice disse que sim, e o italiano continuou:

– Foi por Cecília, e não pela prata, que montei este plano. Se você me ajudar, dou para você a maior parte do meu tesouro. Eu quero é Cecília, e hoje ela vai ser minha. Se eu morrer, mate essa mulher e enterre nossos dois corpos numa só cova. Mesmo morto, quero que meu corpo tenha prazer com o dela. Jure!

Rui ficou horrorizado, mas a ambição dele foi mais forte que a consciência, e ele jurou. Loredano então pôs uma tábua comprida como ponte para a janela de Cecília, no mesmo ponto onde tinha fincado a faca para derrubar o presente de Álvaro na outra noite.

– Segure esta tábua, Rui. Se esta prancha se mexer, eu morro nos rochedos.

Rui lembrou do testamento de Loredano e segurou a tábua. O italiano tirou as armas, descalçou as botas, segurou a faca entre os dentes e caminhou pela prancha. Abriu a janela do quarto de Cecília com ajuda da faca e entrou.

Cecília dormia, sorrindo. Uma fresta na roupa mostrava a pele branca. A respiração dela desenhava no pano os seios delicados.

Loredano estava ofegante, dominado pela menina adormecida. Não conseguia se mexer, devorado pela paixão brutal.

Com muito esforço, o italiano conseguiu acender uma vela. Sentindo a luz, a menina virou o rosto e continuou dormindo. Loredano ficou admirando toda a beleza de Cecília. Esqueceu do mundo, do tesouro, do rapto que ia cometer... Mas não podia perder tempo.

4 – Na treva

Precisamos explicar os últimos acontecimentos. Loredano ficou decepcionado porque foi obrigado por Álvaro a ir para o Rio de Janeiro. Mas lembrou que era até melhor todos pensarem que ele estava fora naquela noite. Passou novas instruções para Rui Soeiro: na hora de dormir, cada um dos traidores se deitou do lado de um dos aventureiros fiéis a Dom Antônio para degolar o sujeito assim que ouvisse a senha. Também espalharam muita palha seca para incendiar a casa. Finalmente, Rui Soeiro aproveitou a confiança de Aires Gomes para ficar de guarda com Bento Simões.

Enquanto isso, o escudeiro Aires Gomes e Mestre Nunes celebravam a velha amizade com um pouco de vinho português. Conversando, descobriram assustados que Loredano era na verdade Frei Ângelo, que decerto tinha fingido morrer. Aires Gomes levantou furioso, mas lembrou que naquela hora o farsante já devia estar longe. Continuaram a conversar em voz baixa, e não perceberam quando Rui Soeiro trancou a porta por fora, depois de ouvir toda a conversa.

Loredano estava com o grupo de Álvaro, mas fingiu um problema nos arreios do cavalo e voltou, dizendo que ia fazer o conserto. Quando chegou a noite, e tudo ficou em silêncio, foi recebido na entrada por Rui Soeiro. O resto nós já sabemos: Loredano conseguiu entrar no quarto de Cecília.

O italiano achava que ia ser fácil agarrar a menina e chegar com ela até o terreiro. Se ela conseguisse gritar, era só dizer a senha combinada: Rui Soeiro ateava fogo na palha, e os traidores degolavam os homens adormecidos.

Loredano conseguiu chegar até a cama da menina. Pegou algumas roupas de Cecília na cômoda, fazendo o menor embrulho possível. Quando tudo estava preparado, abriu a porta que dava para o jardim e conferiu o caminho por onde ia correr com Cecília nos braços. Ouviu então um gemido baixinho. O italiano suou frio e ficou paralisado um instante, mas percebeu que a menina estava sonhando. Um sorriso iluminou o rosto de Cecília. A mão dela agarrou a cruz no colar, os lábios soltaram um beijo, e um suspiro escapou:

– Peri!

O italiano ficou pálido. Não conseguia tocar naquele corpo tão puro, nem ficar olhando aquele rosto inocente. Mas o tempo corria. Apoiou o joelho na beira da cama, fechou os olhos e estendeu as mãos.

5 – Deus dispõe

A mão de Loredano ia tocar o corpo de Cecília quando foi desviada por uma flecha que cravou a mão do traidor na parede. O aventureiro caiu atrás da cama, e uma segunda flecha atingiu a parede na mesma altura onde estava antes a cabeça dele. Sentindo muita dor, compreendeu que as flechas eram de Peri. Apavorado, o traidor se levantou, arrancou a flecha com os dentes e saiu correndo, sozinho.

Peri saltou da árvore para dentro do quarto, e conferiu se Cecília estava bem. O índio pensou em sair para matar o italiano, mas resolveu garantir antes a segurança e o sossego de Cecília. De olhos fechados, cobriu a menina com a colcha. Para ele, quem chegasse a ver tanta beleza nunca mais devia ver a luz do dia. Depois, Peri arrumou todo o quarto, sem perturbar o sono da menina, e ficou um momento admirando o rosto de Cecília.

Faltava pouco para amanhecer. Peri apagou a vela, cheio de culpa por ter deixado o italiano entrar no quarto de Cecília. Mas só Deus podia ter feito mais do que ele fez naquele dia.

Depois da partida de Loredano e da conversa com Álvaro, Peri tinha passado o dia todo procurando pela mata alguma tribo guarani, para pedir ajuda, já que os guaranis odiavam os aimorés. Noite fechada, voltou decepcionado para casa e ficou sabendo que Dom Antônio não acreditava na acusação contra os traidores sem ver provas.

Tarde da noite, Peri seguiu três vultos que viu no terreiro e descobriu que os traidores iam degolar os amigos de Dom Antônio e incendiar a casa. Ficou sabendo também que Aires Gomes tinha sido trancado no quarto. O índio então estrangulou Bento Simões e depois salvou as vidas dos aventureiros, alagando o galpão e fazendo todos acordarem. Enquanto retirava a palha para evitar o incêndio, reconheceu Rui Soeiro do lado de fora do quarto de Cecília e degolou o traidor.

Peri estranhou a luz na janela, tão tarde, e foi pelas árvores conferir o que era. Ficou horrorizado quando viu Loredano chegando perto da cama de Cecília e num instante atirou a flecha que pregou na parede a mão do italiano. Atirou a segunda flecha, mas a dor tinha obrigado o italiano a se curvar, e o traidor escapou da morte.

6 – Revolta

Peri ficou mais tranquilo: Bento Simões e Rui Soeiro não podiam mais incomodar, o italiano não tinha como escapar, e todos os aventureiros já deviam estar acordados. Mas achou melhor contar para Dom Antônio o que estava acontecendo. Foi pelo corredor procurar o fidalgo.

Enquanto isso, Loredano teve uma grande decepção. Quando chegou no terreiro para dizer a senha, viu todos os aventureiros de pé, em volta do cadáver de Bento Simões. Olhou em volta, não viu Rui Soeiro, e deduziu que ele também tinha sido morto por Peri. Loredano pensou que estava perdido, mas em seguida resolveu tirar proveito do desastre. Enganou facilmente os aventureiros, dizendo que Peri queria matar os cristãos, protegido por Dom Antônio. Aproveitou que eles estavam indignados e perguntou quem queria representar o grupo diante de Dom Antônio. João Feio, um dos mais corajosos, deu um passo para a frente e disse que o fidalgo ia ouvir poucas e boas.

– Fale, pois estou aqui.

Todos estremeceram quando ouviram a voz de Dom Antônio, que avançou tranquilo até o meio do grupo. Cruzou os braços e olhou os aventureiros em volta, um por um. Estava desarmado, mas todos baixaram a cabeça.

O fidalgo tinha ouvido Peri e também Aires Gomes, que tinha escapado do quarto pelo telhado com a ajuda de Mestre Nunes. Álvaro tinha retornado, no meio da ida para o Rio de Janeiro. Dom Antônio então saiu sozinho para encontrar os aventureiros no terreiro, deixando Aires, Álvaro e Peri para proteger as mulheres, e agora estava ali, no meio de homens ameaçadores, exigindo saber o que eles queriam, para decidir se eles mereciam ser atendidos ou castigados. Nenhum dos homens conseguiu sequer levantar os olhos, e todos continuaram em silêncio quando o fidalgo ordenou que eles dissessem os nomes dos culpados pela rebelião.

Loredano sentiu que precisava dizer algo, ou estava perdido. Deu um passo para frente e disse que eles não eram culpados, mas cristãos, fiéis a Dom Antônio, que estavam sendo sacrificados por um capricho do fidalgo. Os aventureiros criaram coragem e apoiaram o italiano aos gritos, dizendo que arriscavam a vida por Dom Antônio e mereciam ser tratados melhor.

Dom Antônio foi firme:

– Silêncio, covardes! Dom Antônio de Mariz ainda tem bastante força para destruir sozinho todos vocês. Miseráveis! Arriscar a vida é obrigação, porque são pagos para isso. Traidores! Vocês não merecem a morte: merecem o desprezo.

Os aventureiros ficaram enfurecidos. Loredano perguntou se eles aceitavam ser insultados daquela maneira, e eles apertaram o círculo em volta do fidalgo, gritando, de faca na mão. Mas nenhum tinha coragem de atacar. Dom Antônio sorriu com superioridade.

7 – Os selvagens

Loredano ficou desesperado, porque nenhum dos outros tinha coragem de dar o primeiro golpe. Avançou de olhos fechados, tremendo, mas parou a faca antes de tocar no fidalgo. Dom Antônio sorriu e derrubou o italiano no chão com um golpe de mão fechada no alto da cabeça. Os outros aventureiros silenciaram.

– Abaixem as armas, miseráveis! O ferro de um assassino não vai ferir o peito de Dom Antônio de Mariz! Deus reserva uma morte gloriosa para quem vive com honra!

A energia do fidalgo dominou os aventureiros. Ele ordenou que Loredano fosse executado em uma hora. Saiu, então, cercado pelo respeito de todos. Já estava amanhecendo.

O fidalgo entrou com Aires Gomes no depósito de armas. Meia hora depois saíram, e Álvaro percebeu que o escudeiro estava pálido como um morto. Quatro aventureiros surgiram e contaram que Loredano tinha convencido os companheiros a atacarem a casa. Pediram para morrer lutando por Dom Antônio, porque mereciam o castigo pela traição. O fidalgo se comoveu com a prova de fidelidade daqueles quatro homens.

– Levantem! Com esse ato de coragem e lealdade, vocês deixaram de ser traidores e voltaram a ser meus antigos companheiros de batalha. Vamos morrer juntos. Estão perdoados!

Os aventureiros levantaram, prontos para morrer por Dom Antônio.

Do lado de fora, Loredano tinha acordado do golpe e agora preparava o ataque. Não demorou muito, e João Feio se apresentou para negociar pelos rebeldes, mas nem conseguiu falar. Dom Antônio foi direto:

– Diga para os outros que Dom Antônio de Mariz manda, não negocia.

Dom Antônio contou os que estavam com ele e viu que eram quatorze; os inimigos eram vinte e tantos. As mulheres foram acordadas, e ficaram rezando, enquanto os homens prepararam a resistência.

Os aventureiros de Loredano avançaram, mas, quando dobravam o canto da casa, ouviram o que parecia um trovão interminável. Peri estremeceu e correu para a beira do precipício para observar a floresta, quase ao mesmo tempo em que um dos aventureiros do lado de Loredano caiu atravessado por uma flecha.

– Os aimorés! – gritou Peri.

Homens quase nus, gigantescos e ferozes, cobertos de peles de animais e penas amarelas e vermelhas, armados de grossas **clavas** e arcos enormes, avançavam, soltando gritos medonhos.

– Os aimorés! – repetiram os aventureiros, assustados.

Clava é um porrete, usado como arma pelos índios.

8 – Desânimo

Dois dias depois da chegada dos aimorés, a situação era desesperadora. O ataque dos selvagens era terrível. Diante do perigo que todos corriam, os rebeldes de Loredano e o fidalgo Dom Antônio nem precisaram conversar muito para fazer uma trégua.

Por segurança, Dom Antônio e a família ficavam no interior da casa, afastados da parte que dividia paredes com o galpão dos aventureiros. O quarto de Cecília agora era o quartel-general de Peri.

O ataque dos selvagens era terrível.

Na sala e na frente, tinham aberto frestas no alto da parede, por onde vigiavam o tempo todo.

Era noite, e na sala só se ouvia o barulho de alguma flecha na madeira ou nas telhas. Dom Antônio cochilava numa poltrona, com as armas ao alcance da mão. Fingia firmeza e coragem, mas já tinha perdido a esperança.

Cecília parecia desmaiada no sofá. Peri corria os perigos mais absurdos para satisfazer a menina, volta e meia correndo riscos na floresta cheia de inimigos para buscar uma fruta, um favo de mel, para matar um atacante que tivesse assustado a moça. As loucuras do índio chegaram a tal ponto que Cecília foi obrigada a proibir que ele saísse de perto dela.

Isabel estava sentada junto da janela, espiando por uma fresta. Os índios miravam no pequeno ponto de luz, mas Isabel nem se importava com a chuva de flechas mortais. Ela olhava Álvaro, que estava de sentinela na escada. A cada flecha que passava perto dele, ficava aflita por não poder proteger o amado com a própria vida.

Dona Lauriana rezava. Ela se mostrava digna do marido: fazia curativos, encorajava as meninas, auxiliava nos preparativos de defesa.

Aires Gomes dormia em pé, encostado na porta do depósito de armas. Só saía dali quando Dom Antônio vinha sentar na cadeira que ficava perto da porta.

Dom Antônio levantou, pegou as armas, beijou as meninas na testa, abraçou a mulher e saiu para substituir Álvaro. Pouco depois, a porta se abriu, e o rapaz entrou. Isabel obrigou o amado a ficar um pouco sentado com ela. Os dois jovens estavam apaixonados, mas Álvaro tinha medo da paixão ardente de Isabel, e não queria trair a promessa de casar com Cecília. A alma nobre do cavalheiro lutava heroicamente, mas essa luta ficava cada vez mais difícil.

9 – Esperança

Álvaro tremeu quando perguntou o que Isabel queria. A menina pediu para olhar para ele um pouco, porque podia ser a última vez. Ele viu as flechas cravadas na janela, e perguntou por que ela arriscava tanto a vida. Isabel respondeu que a vida dela não valia nada, já que Álvaro fugia o tempo todo, por amar Cecília. Ele não aguentou mais, e confessou:

– Não! Meu medo... é de amar você! Prometi para Dom Antônio casar com Cecília, e amar outra mulher é uma deslealdade.

– Eu também prefiro morrer do que desgraçar aquele que eu amo... Agora estou com medo de ser amada. É melhor acabar com minha vida! – disse Isabel, desesperada.

– Não, por favor! – suplicou o rapaz.

– Não quero ficar com a vida que você não quis. Só se você aceitar ficar com a minha vida!

Álvaro não resistiu mais à paixão, e disse no ouvido da moça:

– Aceito! – e saiu da sala, deixando Isabel muda de tanta felicidade.

Enquanto isso, Peri planejava alguma coisa. Quando ele ia saindo, sem fazer barulho, Cecília levantou a cabeça e reclamou que ele tinha prometido não sair de perto dela. O índio disse:

– Sossegue, senhora. Peri vai derrotar todos os inimigos, mesmo que sejam mil! Amanhã os inimigos de Ceci vão morrer. Ela vai ficar feliz e sorrir de novo.

O índio saiu. O dia estava quase nascendo, e ele não podia perder tempo. Foi até o quarto de Cecília e deixou lá todas as armas, com o cocar e os enfeites de penas em cima, como um troféu. Tirou do calcanhar o enfeite de coquinhos pintados de amarelo, separou dois e cortou no meio com a faca, mas não separou as metades. Fechou os dois na mão e saiu do quarto.

10 – Na brecha

Enquanto Peri se preparava, Loredano pensava no que tinha acontecido nos últimos dias. O italiano ainda queria possuir Cecília e se vingar de Dom Antônio e Álvaro, mas não podia atacar a casa. Se o fidalgo e os companheiros abandonassem a escada para enfrentar os traidores, os selvagens iam entrar e matar todos, até o italiano. Mas se Loredano conseguisse assassinar Dom Antônio, Peri, Álvaro e Aires Gomes, os outros iam obedecer a ele, para não morrer nas mãos dos aimorés. Nesse caso, se não conseguisse vencer os índios, ao menos saciava o desejo pelo corpo de Cecília.

Já estava até pondo em prática o plano, aproveitando que os aimorés só atacavam o lado da casa que era defendido por Dom Antônio. Martim Vaz chegou e interrompeu os pensamentos de Loredano:

– Esta porta está pregada por dentro. Acho que desconfiaram do que a gente ia fazer.

Quando chegaram na cozinha, a luz da vela se apagou de repente. Martim Vaz foi buscar fogo. Loredano, que esperava na porta, sentiu na testa o toque de uma coisa gelada. Recuando, deu uma facada às cegas. Martim Vaz voltou, e Loredano disse que tinha acertado um inimigo. Nisto ouviram um barulho, e um morcego passou, pingando sangue.

– Aí está o inimigo! – brincou Martim.

– Quem diria, eu com medo de um morcego! – exclamou Loredano.

Os dois atravessaram uma brecha que tinham feito na parede da cozinha e pararam numa forte porta de jacarandá. Este plano também tinha falhado. Queriam entrar e assassinar Dom Antônio, Aires Gomes e Álvaro antes que eles pudessem ser socorridos pelos companheiros, mas o barulho do arrombamento ia chamar muita atenção. Para sorte de Loredano, ele percebeu uma fresta perto do teto e descobriu que a parede do oratório, no lado do depósito de armas, era feita de um tijolo só.

– Em duas horas posso retirar a viga – disse Martim Vaz –, e a parede cai inteira.

Depois da morte de Rui Soeiro e Bento Simões, o braço direito de Loredano era Martim Vaz, e agora só ele conhecia o segredo do italiano. O aventureiro ficou trabalhando, e Loredano voltou para a cozinha. Lá, viu que uma fumaça sufocante tinha acordado os aventureiros. João Feio apareceu, enraivecido. Foi direto até o italiano e disse baixinho:

– Você é um **herege** renegado. Tem uma hora para se entregar para Dom Antônio!

Herege é a pessoa que renega a fé. Para os católicos daquele tempo, isso era um pecado dos mais graves.

Enquanto isso, a manhã despontava no horizonte.

11 – O frade

Ao sair do quarto de Cecília, Peri foi até o oratório. No dia anterior, ele tinha ficado feliz ao ouvir abrirem a brecha na parede. Pregou por dentro todas as portas que davam para a sala, para ganhar tempo, e agora aproveitava a brecha para entrar na cozinha dos aventureiros. Mexia nas talhas de água e no garrafão de vinho, quando viu uma luz. Eram Loredano e Martim Vaz. O sangue de Peri gelou.

Peri queria matar Loredano, mas precisava ficar vivo para salvar Cecília. Apagou a vela. Assustou o italiano tocando nele com a mão molhada; Loredano recuou para se proteger e Peri conseguiu espaço para passar pela porta, mas foi ferido no braço. Para não saberem que tinha estado ali, agarrou um morcego que passou perto, fez um corte com a faca e soltou na direção dos traidores. O truque funcionou.

Assim que Loredano saiu, Peri jogou nas brasas do fogão umas roupas dos aventureiros que estavam secando por ali. A fumaça da roupa molhada ia encher a casa, acordar a todos e provocar muita sede: justamente o que o índio queria. Peri atravessou o terreiro, mas recuou, ao ver um homem de Dom Antônio e um aventureiro rebelde conversarem através da cerca.

João Feio era muito conversador, e não tinha aguentado a solidão da guarda. Quando viu um sentinela do outro lado, tentou puxar conversa, mas o outro não respondeu. Aquilo incomodou João:

– Somos inimigos, mas podemos ser educados e responder quando falam conosco!

O outro sentinela respondeu que era cristão e não ia falar com um herege que andava com um frade maldito, que tinha traído os votos sagrados. O sentinela era o nosso antigo conhecido Mestre Nunes. Ele contou o que sabia de Loredano. João ficou tão horrorizado que nem esperou o fim da história. Correu em busca do italiano e mandou ele se entregar.

Quando saíram, Peri pulou a cerca e foi para o quarto terminar os preparativos. Já estava amanhecendo, e ele podia ver o acampamento dos aimorés.

– Hoje todos vão cair como a árvore da floresta, e não vão se erguer mais – murmurou.

12 – Desobediência

Álvaro pensava em Isabel. Estava apaixonado pela morena, mas sofria muito, porque ia ficar desonrado se deixasse de casar com Cecília e quebrasse a promessa que tinha feito para Dom Antônio. Só se consolava com a ideia de que logo todos iam morrer nas mãos dos aimorés, e ele ia poder confessar no último suspiro que amava Isabel. Nisso Peri tocou no ombro do rapaz:

– Peri vai procurar socorro. Se Peri não voltar, você enterra as armas dele?... E se encontrar a cabeça de Peri separada do corpo, enterra junto com as armas? Peri vai passar pelo meio dos selvagens, e pode morrer.

Álvaro não entendeu direito, mas garantiu que ia fazer o que o índio queria. Então Peri entrou na sala onde a família dormia. Só Dom Antônio estava acordado. O índio atravessou a sala e beijou a barra do vestido de Cecília. Quando se levantou, uma lágrima caiu na mão da moça. Sentindo a gota quente, ela abriu os olhos, mas Peri já estava com Dom Antônio.

– Adeus! Peri vai morrer para salvar a senhora.

– Morrer!... – exclamou o fidalgo.

Peri pediu silêncio, mas era tarde. Ouviram um grito. Cecília estava de joelhos, com as mãos estendidas, implorando para Peri ficar. Dom Antônio disse para o índio que todos deviam morrer juntos. Como Peri disse que não, Cecília se levantou furiosa.

– Eu proíbo que você saia desta casa!

O índio quase enlouqueceu. Ao longe, os aimorés gritavam. Peri deu um salto, pegou da parede uma espada enorme como se fosse uma faquinha e foi parar na janela.

– Peri é livre! Peri faz o que o coração manda. Perdoe, senhora! – gritou o índio desesperado, enquanto saltava pela janela.

Cecília gritou e correu para a janela, mas não viu mais Peri. A brisa trazia as vozes e os gritos dos selvagens.

13 – Combate

Eram seis horas da manhã. Os aimorés preparavam flechas incendiárias para um ataque decisivo. Esse trabalho era um prazer feroz para aqueles selvagens sinistros e carniceiros, que nem pareciam humanos. Cabelos emaranhados, lábios arregaçados, dentes afiados e podres. As mãos eram garras terríveis, com pele áspera e grandes unhas negras e retorcidas. Corpo gigantesco. Alguns enfeitados com penas e colares de ossos. Outros, nus.

O chefe da tribo era um velho fortíssimo. Ao lado dele, uma bela jovem índia levantou a cabeça de repente. Um dos selvagens sentados em volta do fogo fez o mesmo movimento. Depois os outros, como se tivessem combinado. Tudo isso, sem uma só palavra.

A índia soltou um grito e apontou para a floresta. O velho levantou com calma sinistra e girou a clava sobre a cabeça. Os outros selvagens ficaram do lado dele, as mulheres misturadas com os guerreiros. As crianças ficaram atrás. Todos se preparavam para cair sobre o inimigo com a fúria dos aimorés. Mas foi o inimigo que caiu sobre eles.

Era Peri, sozinho, contra duzentos inimigos. Girando o espadão, abriu espaço e ficou encostado contra uma rocha, de forma que só dois aimorés podiam atacar de cada vez. Mas logo os selvagens atacaram todos juntos. No meio da confusão, só se via o brilho do espadão de Peri fazendo o sangue jorrar. Então houve um momento de calma apavorante: uma pilha de cadáveres separava os selvagens e o solitário inimigo.

O cacique dos aimorés avançou. Peri endireitou o corpo. O velho levantou e girou a clava imensa. Nenhuma espada podia resistir ao golpe. Mas quando o braço do chefe ia descer, a lâmina de Peri decepou o punho do selvagem. O velho soltou um urro, e os guerreiros avançaram para vingar o chefe, mas logo viram um novo espetáculo.

Peri olhou em volta os cadáveres dos aimorés e viu que tinha feito uma matança terrível. Por isso, quebrou a lâmina da espada e atirou no rio os dois pedaços. Estava na hora de implorar pela vida.

Pensando em Cecília, Peri, o guerreiro invencível, o rei das florestas, o chefe dos goitacás... implorou de joelhos.

14 – O prisioneiro

O velho cacique gesticulou, mostrando que o prisioneiro era dele, pelas leis da tribo. Peri foi amarrado numa árvore e deixado sozinho com uma pequena índia, encarregada de servir o prisioneiro. Mas ele recusava as melhores frutas e bebidas. Não tirava os olhos da casa de Dom Antônio, de onde Cecília acenava, desesperada. O consolo do índio era a ideia de que logo em seguida ia salvar Cecília para que a menina fosse feliz com a família e com Álvaro.

Enquanto Peri olhava Cecília de longe, a indiazinha examinava o prisioneiro bem de perto: ele era muito mais atraente que os brutos aimorés. Mas Peri só percebeu a presença dela quando Cecília e a família desapareceram. Os olhos e o corpo da menina estavam tão cheios de desejo, que Peri compreendeu imediatamente: ela era a enviada da morte, com a missão de fazer que o condenado tivesse prazer nos últimos momentos de vida!

Peri repeliu todas as investidas da menina, mesmo quando ela se abraçou nele e aproximou os lábios, pedindo um beijo. Ela sabia que o prisioneiro ia ser morto e estava gostando da tarefa que tinha que cumprir, mas não compreendia por que era repelida: ela era linda e desejada por todos os jovens aimorés. Filha do velho cacique, essa índia estava destinada para o prisioneiro mais bravo ou para o melhor guerreiro, e tinha se apaixonado por aquele inimigo que lutava sozinho contra uma tribo inteira e era mais bonito que todos os guerreiros aimorés.

Mas Peri continuou frio e indiferente. Ele só pensava nos amigos. A índia então buscou uma faca de pedra e um arco de guerra, e cortou as cordas. Entregou o arco e as flechas para o índio, e apontou a mão para a floresta. Os olhos e o gesto da índia diziam:

– Você está livre. Vamos embora!

QUARTA PARTE: A CATÁSTROFE

1 – Arrependimento

Loredano saiu de perto de João Feio. Chamou os quatro companheiros mais chegados, e foi com eles para a despensa. Fechou a porta e guiou os aventureiros até a sala onde Martim Vaz estava demolindo a parede.

– Amigos, não temos como resistir contra os selvagens – disse ele. – A morte que nos espera é horrível. Nós vamos ser a refeição desses canibais!

Os homens arregalaram os olhos, aterrorizados.

– Eu posso salvar vocês, se vocês me obedecerem. Vamos acabar de demolir esta parede, entrar e matar todos, menos a filha de Dom Antônio, Cecília. Se quiserem pegar a outra moça, podem pegar. Depois disso, reunimos os companheiros e atacamos os aimorés. Quer dizer, os outros atacam... Nós e mais alguns vamos sair para colocar os aimorés entre dois fogos, só que, em vez de atacar, corremos para o povoado mais próximo.

– Mas isso é traição! – gritou um dos aventureiros. – Nós nunca vamos fazer isso!

– Sim, é traição – continuou Loredano. – Se vocês preferem, podem ficar.

Os aventureiros acabaram aceitando o plano e foram ajudar Martim Vaz na demolição. Loredano ficou num canto. Tirou de dentro do forro do cinto um pergaminho dobrado: era o famoso roteiro das minas de prata. Martim Vaz se aproximou sem ser percebido e ficou olhando o papel. Depois avisou Loredano que eles não iam demolir a parede para não derrubar o oratório com os santos e as imagens sagradas. Loredano rugiu:

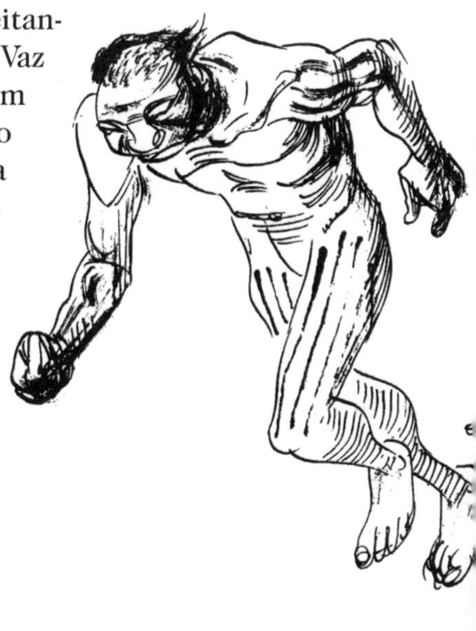

– Estúpidos! Basta um pedaço de madeira e um pouco de argila para vocês desistirem! Vocês têm medo de tocar nos santos? Pois eu mesmo ponho a parede abaixo!

Enquanto isso, João Feio contou para os outros que Loredano era um frade herege. Eles queriam despedaçar o italiano. Estavam arrependidos e iam pedir perdão para Dom Antônio assim que matassem o frade monstruoso.

2 – O sacrifício

Peri entendeu o gesto da índia aimoré, mas apenas sorriu. De repente, estremeceu: viu Cecília acenar, sorrindo, mandando ele esperar. Já era meio-dia, e os aimorés começaram a cantar e tocar tambores e chocalhos. A índia apontou para a floresta, suplicando que Peri fugisse, mas ele ficou parado. Os guerreiros aimorés vieram e levaram Peri para o local do sacrifício.

A clareira estava cercada por mais de cem guerreiros armados e cobertos de penas coloridas. No fundo, as velhas preparavam uma grande grelha sobre brasas. As moças ofereciam bebidas para os guerreiros. Só a menina estava triste, num canto.

Peri ficou amarrado no meio do terreiro. Os guerreiros dançavam em roda, entoando o canto da vingança, cada vez mais depressa. De repente, fizeram um profundo silêncio, e surgiu o velho cacique, coberto de peles de anta, o rosto pintado, com um cocar de penas vermelhas e um colar de penas de tucano. O cacique ia ter a honra de matar o prisioneiro e vingar a tribo. Um dos guerreiros fincou uma estaca no chão para depois pendurarem a cabeça de Peri.

O velho parou diante do prisioneiro com um sorriso feroz.

– Sou seu matador! – disse em guarani. – Você não vai se defender, goitacá?

– Você não merece – disse Peri, sorrindo.

Os olhos do velho ficaram cheios de raiva:

– Guerreiro goitacá, os aimorés vão comer sua carne. Você vai morrer.

Os selvagens rugiram. Peri continuou de braços cruzados, desmanchando um dos nós da túnica. O velho recuou dois passos e levantou a pesada clava com a mão esquerda. A índia moça que estava com Peri virou o rosto para não ver. Peri cobriu o rosto com as mãos e curvou a cabeça. O velho sorriu:

– Sou seu matador! – disse em guarani. – Você não vai se defender, goitacá?
– Você não merece – disse Peri, sorrindo.

– Você está com medo!

Peri olhou para o céu: via Cecília, feliz, alegre. Ela estava salva!

– Bata! – disse Peri para o velho cacique.

Os tambores e gritos cresceram. A clava girou no ar. Um tiro soou. Um corpo caiu.

3 – Ataque

O velho caiu morto. Álvaro surgiu diante dos espantados aimorés e soltou Peri. Imediatamente dez arcabuzes atiraram, e dez homens sem medo, liderados por Aires Gomes, saltaram de espada em punho. Peri compreendeu então o gesto de Cecília um pouco antes.

Depois que Peri saiu, Cecília tinha entrado em desespero. Chorando, pediu para o pai que salvasse Peri. Dom Antônio já estava pensando em salvar Peri, mas não queria obrigar ninguém ao sacrifício junto com ele. Álvaro entendeu o drama do fidalgo e convenceu os aventureiros a se oferecerem. Dom Antônio disse para irem todos; ele defendia sozinho a família. Álvaro olhou com respeito o velho cavalheiro e prometeu para Cecília que ia voltar com Peri vivo.

Isabel correu para Álvaro assustada:

– Antes de dizer adeus para sempre... me deixe uma lembrança!

E a menina caiu de joelhos, escondendo o rosto. Álvaro sussurrou no ouvido dela:

– Eu amo você!

Isabel ficou muda de felicidade.

Quando o grupo desapareceu na floresta, Dom Antônio levou a família para a sala e esperou, com as pistolas nas mãos. Enquanto isso, Álvaro aproveitou a festa dos selvagens para se aproximar, e chegou quando o velho cacique estava levantando a clava. O rapaz mirou, e a bala atravessou o crânio do selvagem.

4 – Revelação

Álvaro foi até Peri, mas o índio pediu que ele fosse embora e contasse para Cecília que Peri ia morrer por ela. Nesse momento, a indiazinha caiu atravessada por uma flecha: tinha dado a vida para salvar o homem que ela amava.

Álvaro apontou para os aventureiros, mostrando para Peri, e perguntou:

– Vê estes homens? Se eles morrem, quem vai defender a senhora de Peri?

Peri estremeceu e sumiu na floresta na direção da casa. Dez minutos depois, estava de joelhos na frente de Cecília, pedindo perdão e explicando o que tinha acontecido. Álvaro entrou nesse momento, depois de deixar os companheiros a salvo. Todos ficaram reunidos em volta da poltrona do fidalgo.

Peri contou com simplicidade que um dia Ararê, seu velho pai, tinha dado para ele algumas contas cheias de veneno, dizendo que, se alguém comesse o veneno, nenhum inimigo ia ter coragem de comer a carne dessa pessoa. Peri então contou que já tinha usado duas daquelas contas: uma envenenou a água e as bebidas dos aventureiros rebeldes, e a outra Peri comeu quando cobriu o rosto com as mãos, quando estava preso. O cacique aimoré pensou que era medo, mas era heroísmo. Tudo era um plano do índio herói: Peri tinha atacado os aimorés para eles quererem vingança e acharem que ele merecia a honra de ser devorado. Assim, o corpo envenenado de Peri ia destruir uma tribo inteira. Podemos agora compreender o desespero dele! Queria ficar lá, preso, para os aimorés continuarem o sacrifício e morrerem todos. Mas a chegada de Álvaro mudou todo o generoso e complicado plano de Peri.

Quando Peri terminou de explicar tudo, todos estavam espantados e horrorizados. Dom Antônio foi o primeiro a retomar a calma. Estava maravilhado pelo heroísmo das ações de Peri, mas não ia deixar os traidores morrerem envenenados:

– Corra, Aires Gomes! Vá avisar aqueles desgraçados, se ainda der tempo!

5 – O paiol

Cecília olhou para Peri, aterrorizada. O efeito do veneno tinha começado. Ela tentava reanimar Peri.

– Como você é mau, Peri! Se você gostasse de mim, não me abandonava!

– Você quer que Peri viva, senhora? Então Peri vai viver!

O índio conseguiu correr para a floresta. As últimas palavras dele devolveram para Cecília toda a confiança. Mas Álvaro fez um gesto de espanto para o fidalgo e apontou para o oratório: a parede ia desabar. Dom Antônio sorriu e preparou a pistola. Álvaro fez o mesmo. A parede caiu. No meio de uma nuvem de pó, Loredano e os outros rebeldes invadiram o depósito de armas, para onde todos tinham corrido. Mas recuaram apavorados.

No meio do depósito, começava um trilho de pólvora que ia até o paiol de munições. Um tiro, e a casa inteira explodia. Então Aires Gomes e os outros entraram pela porta, ao mesmo tempo que dois dos seguidores de Loredano caíram no chão, envenenados. Os aventureiros prenderam Loredano e ficaram de joelhos, envergonhados diante de Dom Antônio, pedindo perdão.

– Fiquem de pé – disse o fidalgo. – Vamos nos preparar para morrer como cristãos.

Os aventureiros arrastaram Loredano para fora da sala, com a consciência aliviada. A morte na fogueira era o castigo usado para punir os hereges, e por isso amarraram o frade renegado num poste cercado de lenha.

Martim Vaz se aproximou e tirou o cinto do italiano, que soltou um rugido de animal raivoso. Os aventureiros riram do desespero dele, prometendo buscar as minas de prata assim que os aimorés fossem embora. Martim Vaz vestiu o cinto e disse, sorrindo:

– Você conhece o ditado: "Quem faz o doce não come".

6 – Trégua

Eram oito horas da noite. Os aventureiros tinham resolvido esperar até o dia seguinte para Loredano sofrer por mais tempo. Na sala onde estava toda a família, Dom Antônio disse para os aventureiros que um grupo ia sair para procurar comida. Dez homens ficavam com o fidalgo, e os outros iam com Álvaro. Imediatamente a expedição saiu, aproveitando a noite para evitar os aimorés.

A noite foi tranquila. Parecia até que os selvagens tinham ido embora. Mas Dom Antônio conhecia o espírito vingativo dos aimorés: talvez fosse apenas a calma antes da tempestade. As horas passaram, e o sol nasceu.

Os habitantes da casa estavam muito melhor, depois de uma noite de sono tranquilo. Cecília estava quase sorridente. Só Isabel sofria cada vez mais.

Aires Gomes e Mestre Nunes foram até o acampamento dos aimorés e não encontraram nenhum sinal dos índios. Não tinham dúvidas: os aimorés tinham ido embora, depois de enterrarem os mortos. Mesmo assim, Dom Antônio continuou desconfiado.

7 – Combate

Ouviram um grito na escada de pedra. Cecília ficou cheia de alegria: era Peri. Mas quando o índio apareceu, todos ficaram mudos de terror. Isabel desmaiou: Peri trazia nos ombros o corpo de Álvaro. O índio atravessou a sala, pôs o cadáver no sofá e enxugou uma lágrima. Os aventureiros olhavam para o chão. Cecília chorava. O fidalgo parecia que tinha perdido seu próprio filho.

O que tinha acontecido? Peri tinha aprendido com a mãe qual era o remédio para o veneno dos índios e saiu para cumprir a promessa que tinha feito para Cecília, de ficar vivo. Durante a noite, o remédio fez efeito. De manhã, recuperado, Peri caminhava na direção da casa, quando ouviu tiros.

Álvaro e os nove companheiros estavam numa clareira, cercados por mais de cem aimorés furiosos. Os aventureiros resistiam, divididos em duas linhas. Uma defendia as costas da outra. Quando Peri chegou, viu que o homem atrás de Álvaro se adiantou e foi cercado pelos selvagens. Os aimorés aproveitaram a falha para desmanchar a formação dos aventureiros, e um deles atacou Álvaro pelas costas.

Quando os índios iam estraçalhar o cavalheiro, Peri saltou no meio deles, agarrou um bacamarte do chão e usou a arma como clava, para afastar os aimorés. Assim que conseguiu espaço, pôs Álvaro nos ombros e desapareceu na floresta. Mesmo acreditando que Álvaro estava morto, Peri não desistiu, para que os amigos pudessem ao menos se despedir dele.

O fidalgo apertou a mão gelada de Álvaro:

– Até logo, valente amigo! Logo nós vamos nos encontrar no Céu.

Dom Antônio mandou os homens se prepararem para resistir até o fim e morrer com honra. Peri saiu para planejar uma nova façanha para salvar Cecília.

8 – Noiva

Uma hora depois, Isabel suplicou que Peri levasse o corpo de Álvaro para o quarto dela, quarto onde ela tinha sonhado viver com Álvaro. Com pena, o índio deixou o amigo deitado como um noivo na cama de Isabel. Peri voltou para o trabalho.

Assim que ficou sozinha, Isabel fechou a porta e as janelas, acendeu uma vela e tapou todas as frestas. Rezou, pedindo para Deus que pudesse passar a eternidade com Álvaro. Olhou o amado com doçura: ele parecia estar apenas dormindo. Pôs fogo numa grande concha cheia de resinas e perfumes da nossa terra. O quarto ficou cheio de nuvens de fumaça, e Isabel sentou na borda da cama, de mãos dadas com Álvaro:

– Por que você não fala comigo? – disse ela. – Por favor, diga outra vez que me ama!

Mas só o silêncio respondia. O quarto era um cenário fantástico: no meio da fumaça escura, um círculo de luz com os amantes. Isabel começou a sufocar. Alucinada, beijou os lábios gelados de Álvaro: era o primeiro e último beijo, o beijo de noiva.

De repente, Isabel achou que Álvaro estava vivo: as mãos dele apertavam as dela, e os olhos procuravam os olhos da moça. Dos lábios do rapaz, antes imóveis, saiu uma palavra:

– Isabel!...

A moça percebeu horrorizada que era ela quem ia matar por engano o homem que amava. Pensou em abrir a janela, mas não tinha mais forças, e o moribundo puxou as mãos dela. Os olhos dos dois se encontraram de novo, e os lábios se uniram outra vez. Num longo beijo, as duas almas voaram juntas para o Céu.

Só mais tarde é que Peri arrombou a porta do gabinete. Quando a fumaça foi embora, o índio e Cecília puderam ver a cena que descrevemos.

– Ela morreu feliz! – disse Peri.

Cecília olhou para o amigo e ficou corada.

9 – O castigo

O dia escurecia rapidamente. Os aimorés tinham voltado, ainda mais sedentos de vingança. Não queriam que um só inimigo escapasse, e por isso derrubaram a árvore gigante que ia até perto da cabana de Peri, cortando o único caminho de fuga.

Peri continuou a trabalhar fazendo uma corda. Quando escureceu de vez, foi até a sala. Aires Gomes vigiava a porta do depósito de armas. Cecília estava sentada perto de Dom Antônio. O fidalgo fez a menina beber um pouco de vinho, dizendo:

– Minha filha, nenhum inimigo vai passar daquela porta. Pode dormir tranquila.

Cecília adormeceu sorrindo. Peri não tinha tempo a perder. Pegou o que precisava na sala e desapareceu.

Os aventureiros já tinham acendido a fogueira. Loredano sentia o fogo chegar perto, e não podia ver mais nada, envolvido pela fumaça. É impossível descrever a raiva e a fúria que tomaram conta dele nos últimos momentos antes de ser queimado vivo.

Na sala, tudo estava calmo. De repente, uma chuva de fogo caiu sobre a casa: eram as setas incendiárias dos selvagens, anunciando o começo do ataque.

Os aventureiros estremeceram, mas Dom Antônio sorriu.

– Chegou a hora, meus amigos. Abram as portas para vermos o céu pela última vez.

Quando os aventureiros abriram as portas, um vulto entrou na sala.

Era Peri.

10 – Cristão

– Peri quer salvar a senhora – disse o índio para Dom Antônio. – E vocês também podem se salvar. Fuja agora, vá até a tribo dos goitacás. Peça para a mãe de Peri cem guerreiros para levarem vocês até a grande taba dos brancos.

Dom Antônio apertou a mão do índio, agradecido, mas recusou:

– Não posso! O dever me manda cuidar da casa e morrer junto com meus companheiros... Além disso, eu estou velho e fraco demais.

– Peri fez o que podia, mas você não quer salvar a senhora. Peri morre perto dela.

Dom Antônio viu a coragem e a dedicação do índio e achou um raio de esperança:

– Se você fosse cristão, Peri, podia levar Cecília para minha irmã no Rio de Janeiro.

– Peri quer ser cristão! – exclamou o índio, radiante de felicidade.

– A religião permite que, na hora da morte, qualquer um faça o batismo. E nós vamos todos morrer agora. Então, fique de joelhos, Peri, eu te batizo, e você agora é cristão! Pode levar minha filha!

Peri beijou a cruz da espada do fidalgo. Dom Antônio sorriu satisfeito: agora podia morrer tranquilo. Fecharam todas as portas, queriam dar tempo para Peri.

Já dava para ouvir bem próximos os gritos dos selvagens que iam escalando o rochedo. Dom Antônio e a esposa cobriram Cecília com um manto de seda e deram um último beijo na testa da filha. De repente, ouviram uma gritaria em volta da casa. O fogo apareceu em todas as frestas, e a casa toda tremeu. Peri pegou Cecília no colo, correu até a janela do quarto da menina e atravessou uma ponte frágil que ele tinha feito com as palmeiras da cabana. Na beira do rio estava a canoa, com tudo o que a menina podia precisar durante a viagem para o Rio de Janeiro: roupas, uma colcha para servir de cama, alguns alimentos. Peri deitou Cecília no fundo da canoa, coberta com o manto de seda, e saiu remando depressa.

Mais adiante, ele olhou para trás e viu uma cena fantástica. Os vultos dos aimorés se moviam nas sombras, e Loredano queimava na fogueira. A fachada do edifício caiu. A sala era um mar de fogo. Dom Antônio, de pé no meio do depósito de armas, levantou com a mão esquerda um crucifixo, e com a direita abaixou a pistola para o paiol escuro. Dona Lauriana estava abraçada nos joelhos dele. Aires Gomes e os aventureiros que restavam estavam em volta, imóveis e ajoelhados. Pisando as ruínas da parede, os aimorés pareciam demônios dançando nas chamas do inferno.

Um estrondo horrível soou, e a terra tremeu. Uma onda enorme se formou nas águas do rio. Então as trevas envolveram o rochedo, e o silêncio profundo da noite tomou conta de tudo. Um soluço veio do fundo do peito de Peri. O índio voltou a remar, e a canoa deslizou pelo Paquequer.

11 – Epílogo

Epílogo é a parte final da história.

O sol iluminou um montão de ruínas nas margens do Paquequer. O rochedo onde ficava a casa tinha desaparecido, deixando no lugar uma enorme e funda cratera. As árvores estavam arrancadas pela raiz, a terra ficou revolvida, e a floresta, coberta de cinzas.

Peri tinha remado toda a noite sem descansar. O sol ficou forte, e o índio parou numa sombra. Deixou Cecília dormir à vontade, antes de ela saber da desgraça que tinha acontecido. Ela ficou feliz quando acordou e viu o rosto de Peri, mas, ao ver o rio e a floresta em volta, foi entendendo aos poucos o que tinha acontecido.

– Meu pai! Meu pai! Morto!... Minha mãe também morta!... Todos mortos!...

– Peri só podia salvar a senhora! – disse o índio tristemente.

Cecília entendeu que estava sozinha com Peri, num lugar deserto, e ficou angustiada, lembrando de sua família. Peri explicou que Dom Antônio tinha batizado Peri para o índio poder salvar Cecília. A moça então pensou com orgulho no pai, agora já morto, e ficou serena.

Durante a longa viagem, a moça foi ficando cada vez mais encantada com as atenções de Peri, e decidiu não ir até o Rio de

Janeiro. Tinha saído de lá aos cinco anos de idade, nem conhecia a tia, não sabia onde estava o irmão, e Peri não ia aguentar ser maltratado pelos brancos. E sem Peri ela não ia ficar.

Num fim de tarde, o índio percebeu que uma tempestade estava caindo sobre a Serra e já avançava à medida que a noite caía, mas resolveu não dizer nada para Cecília. Peri tinha lutado contra a onça, contra os homens, contra uma tribo de selvagens, contra o veneno – e tinha vencido. Agora ia lutar contra a natureza.

De repente, um barulho abafado quebrou o silêncio. Peri remou em desespero até a margem, junto de uma grande palmeira com cipós que desciam até o chão, mas viu uma onda gigante se formar ao longe, com um estrondo horrível. Era tarde para fugir.

Em vez de entrar na mata, Peri levou Cecília pelos cipós até o cume da palmeira. As ondas passaram, velozes, esmagando tudo que encontravam no caminho. Árvores estalavam, partidas ou arrancadas pelas raízes. Cecília assistia a tudo, horrorizada, abraçada no ombro de Peri. O corpinho da menina tremia, mas ela não reclamou. A água cobriu as árvores mais baixas e continuou subindo. Cecília disse que ia morrer feliz. Mas Peri gritou:

– Você não pode morrer! Peri venceu todos os inimigos e vai vencer a água!

E Peri contou para ela a lenda de Tamandaré, que no Dilúvio tinha salvado a companheira, boiando numa palmeira, como eles. A água molhou a roupa de Cecília. A menina, num movimento instintivo de terror, chegou para bem perto do amigo e murmurou docemente:

– Meu Deus!... Peri!...

Foi uma cena espetacular, heroica, inacreditável. Peri agarrou os cipós e abraçou o tronco da palmeira com os braços fortes. Pareceu que o corpo do índio ia se despedaçar. Os dois, árvore e homem, balançaram. Por fim, as raízes se desprenderam da terra encharcada, e o cume da palmeira deslizou pela água, como se fosse uma ilha flutuante.

Peri sentou perto de Cecília, que estava meio desmaiada. Abraçou a moça e disse feliz:

– Você vai viver!

Cecília abriu os olhos, ouvindo o que o índio disse, e se sentiu no Paraíso. Mergulhou os olhos nos olhos do amigo e, com ternura, baixou a testa loira. Sentiu o hálito quente de Peri. A virgem corou e sorriu. Os lábios se abriram.

A palmeira fugia arrastada pela torrente... E sumiu no horizonte.

FIM

Peri levou Cecília pelos cipós até o cume da palmeira. As ondas passaram, velozes, esmagando tudo que encontravam no caminho.

Este livro faz parte da coleção "É só Começo", destinada a jovens e adultos neoleitores, recém-alfabetizados ou alfabetizados há mais tempo.

O objetivo da coleção é diminuir a distância entre o leitor e o livro. Textos originais da literatura brasileira foram adaptados, reduzidos e enriquecidos com notas históricas, geográficas e culturais, inclusive mapas, para auxiliar na leitura e na compreensão do texto. Dados sobre a obra, a época em que foi escrita, o autor e também sobre os personagens são apresentados com este mesmo fim: a aproximação prazerosa do leitor com o texto escrito.

Mas a leitura de um texto pode e deve ir além de tudo isso. Assim, para depois da leitura, oferecemos a você – leitor, animador cultural, professor, participante dos mais diferentes grupos – algumas ideias para pensar e para saber mais sobre o tema tratado no livro. São sugestões que você poderá utilizar se quiser e como quiser: elas podem se transformar num bom bate-papo amigo, num debate em grupo, num assunto para pesquisa ou num tema de redação. Você escolhe. Você inventa.

No caso das sugestões de outros livros, vídeos, filmes e sites da internet, sabemos que nem sempre todos terão acesso a esses materiais. Mas fica a sugestão. Talvez você encontre na sua região outros livros, outras imagens, outras músicas, relacionados com a obra lida. O importante é que você possa ir além do texto, debatendo temas inspirados na obra, buscando novas fontes para pensar mais sobre o assunto e estabelecendo relações entre o livro e outros modos de contar histórias, como os do rádio e da televisão, por exemplo.

Acreditamos que esse seja um bom começo para jovens e adultos sentirem a felicidade de embarcar na viagem das letras e – quem sabe? – aguçarem a curiosidade para buscar o texto original das histórias adaptadas, visitar bibliotecas, contar e criar histórias suas, encantar-se com a palavra e a imaginação.

1. OURO E PEDRAS PRECIOSAS NO BRASIL

Um dos encantos do romance *O guarani* é transportar o leitor para o mundo da colonização do Brasil, numa época em que as cidades eram ainda muito pequenas e o território era muito pouco conhecido. Seguindo as páginas de José de Alencar, encontramos índios, desbravadores, famílias, fidalgos portugueses, bandidos, gente de todo tipo, como realmente deve ter acontecido no passado do país. Alencar, por estar interessado em contar uma história de amor, acentua os aspectos mais sentimentais e apaixonantes, deixando de lado coisas que devem ter sido duras na vida real.

Na história do Brasil, a busca de ouro, prata e pedras preciosas foi decisiva para a entrada dos colonizadores no interior profundo. Se não fosse por essas riquezas, o Brasil teria permanecido um país apenas ligado à agricultura e ao comércio. E a busca dessas riquezas, é claro, despertava cobiça e interesse por parte de europeus e colocava esses conquistadores em contato com os índios e com a natureza.

O território do Brasil tem várias regiões com ouro e pedras preciosas. Você conhece essas regiões? Já visitou, já leu sobre elas, já viu na televisão? Sabe localizar num mapa essas regiões?

Os colonizadores portugueses não encontraram as desejadas minas de prata e ouro logo que o território brasileiro foi descoberto. Depois foram descobertas várias minas, com muitos metais e pedras. Você conhece a história de Minas Gerais? E conhece o que aconteceu em Serra Pelada, não faz muito tempo?

A conquista de riqueza rápida, como ocorre com a descoberta de minas, costuma ser acompanhada por muita disputa e rivalidade, podendo chegar a conflitos imensos. Como ocorrem os conflitos na história de *O guarani*? Quem está contra quem? E na história das minas encontradas ao longo da história brasileira, você sabe como foi essa situação?

2. ÍNDIOS NO BRASIL

A relação entre brancos colonizadores e índios está no centro do romance de Alencar, através do amor de Peri por Cecília. Como é um romance de aventuras e de amor, essa relação aparece de forma idealizada: Peri é um índio totalmente subjugado pelo amor que sente por Cecília; em função dela, ele aceita fazer qualquer sacrifício. Ela, por sua vez, é uma menina cheia de mimos, uma espécie de princesa, que só quer ser agradada.

É claro que na história real do Brasil não deve ter havido muitas histórias de amor como essa. Mais comum deve ter sido a total separação entre brancos conquistadores e índios conquistados, numa relação desigual que resultou na morte de milhões de indígenas, os habitantes originais dessa terra. Até hoje não é fácil nem simples a relação entre os índios, em suas várias tribos e em muitas localidades no país, e a sociedade como um todo, seja urbana ou rural.

Nos primeiros tempos da colonização do Brasil, aconteceram vários conflitos entre brancos e índios. Você conhece a história desses conflitos? Em sua região ocorreu algo assim? Como foi? Como eram os índios que viviam em sua região naquela época?

Hoje existe toda uma política para regulamentar direitos dos índios no Brasil, que inclui demarcação das terras em que habitam e trabalham. Você conhece essas leis? Conhece alguma reserva indígena? Sabe como ela funciona? Como são as relações entre os índios e a sociedade como um todo?

3. HISTÓRIAS DE AMOR E DE AVENTURA

O guarani não pode ser lido como uma história realista, porque ele não quer ser isso. Ele é um romance de amor e de aventura, e nisso ele é bom e vale a pena. Muitas gerações leram o romance de Alencar vibrando com os lances, os amores, as traições, o heroísmo e tudo o mais que acontece.

Hoje em dia, a telenovela parece ser uma herdeira dessa tarefa de contar histórias cheias de peripécias (acontecimentos inesperados, reviravoltas), de idas e vindas, de subidas e descidas. São milhões de telespectadores que vibram a cada lance dos heróis e das heroínas.

A história de *O guarani* é cheia de peripécias. Você saberia resumir o que aconteceu com os principais heróis, como Peri, Dom Antônio e Álvaro? E com as heroínas, que são Cecília e Isabel? E com os vilões, especialmente com Loredano?

O romance de Alencar termina com o par romântico junto, numa cena cheia de sugestões. Como você interpreta o final de *O guarani*? Esse final é parecido com o que ocorre nas telenovelas? E na vida real, é possível acontecer uma história assim?

FILMES

Macunaíma (1969), de Joaquim Pedro de Andrade. Filme baseado no romance de mesmo nome, escrito por Mário de Andrade, é uma comédia sobre as relações entre índios, brancos e negros no Brasil. O personagem principal é o contrário de Peri: Macunaíma é preguiçoso, oportunista e sem caráter.

Hans Staden (2000), de Luiz Alberto Pereira. Baseado numa história realmente acontecida com um alemão que veio ao Brasil e viveu vários anos entre os índios, o filme retrata de modo bastante realista os primeiros tempos da colonização brasileira.

A missão (1986), de Roland Joffé. O filme reconstitui uma parte da história das Missões jesuíticas, que foram verdadeiras cidades organizadas por padres e índios, durante o período colonial da América Latina. O centro do filme é a disputa entre essa alternativa de vida para os índios e uma outra, terrível, que era a escravização, que também ocorreu com eles.

LIVROS

Iracema, de José de Alencar. Outro romance indianista do autor de *O guarani*, *Iracema*, publicado em 1865, focaliza a vida de uma índia que se relaciona com um branco colonizador (de certa forma, o oposto da história de Peri com Cecília). Do encontro dos dois, nasce um filho que é, de algum modo, uma síntese da formação inicial do povo brasileiro.

Macunaíma, de Mário de Andrade. Romance modernista publicado em 1928, tornou-se um clássico da literatura brasileira. A história tem uma visão irônica e amarga sobre a relação entre índios, negros e brancos em nosso país. No centro do romance está o personagem Macunaíma, que é apresentado como preguiçoso e sem caráter, aparentando ser um símbolo do Brasil, segundo a visão do autor.

Capitães do Brasil, de Eduardo Bueno. Livro de história, de leitura fácil, instrutiva e prazerosa, traz muitas informações sobre os primeiros aventureiros portugueses que penetraram no território brasileiro, tanto na região Nordeste e na Bahia quanto na região do litoral do Rio de Janeiro e de São Paulo. De certa forma, o livro conta como eram os verdadeiros senhores conquistadores, como o personagem Dom Antônio de Mariz.

SITES

http://www.adorocinemabrasileiro.com.br – Sobre o cinema brasileiro, com informações valiosas sobre quase tudo que se fez nessa área em nosso país.

http://www.funai.gov.br/funai.htm – Site oficial da Fundação Nacional do Índio, órgão do governo brasileiro, traz muitas informações, mapas e dados sobre a vida dos índios em nosso país.

IMPRESSÃO:

GRÁFICA EDITORA Pallotti
IMAGEM DE QUALIDADE

Santa Maria - RS - Fone/Fax: (55) 3220.4500
www.pallotti.com.br